午前３時３３分、魔法道具店ポラリス営業中

藤まる

PHP
文芸文庫

○本表紙デザイン＋ロゴ＝川上成夫

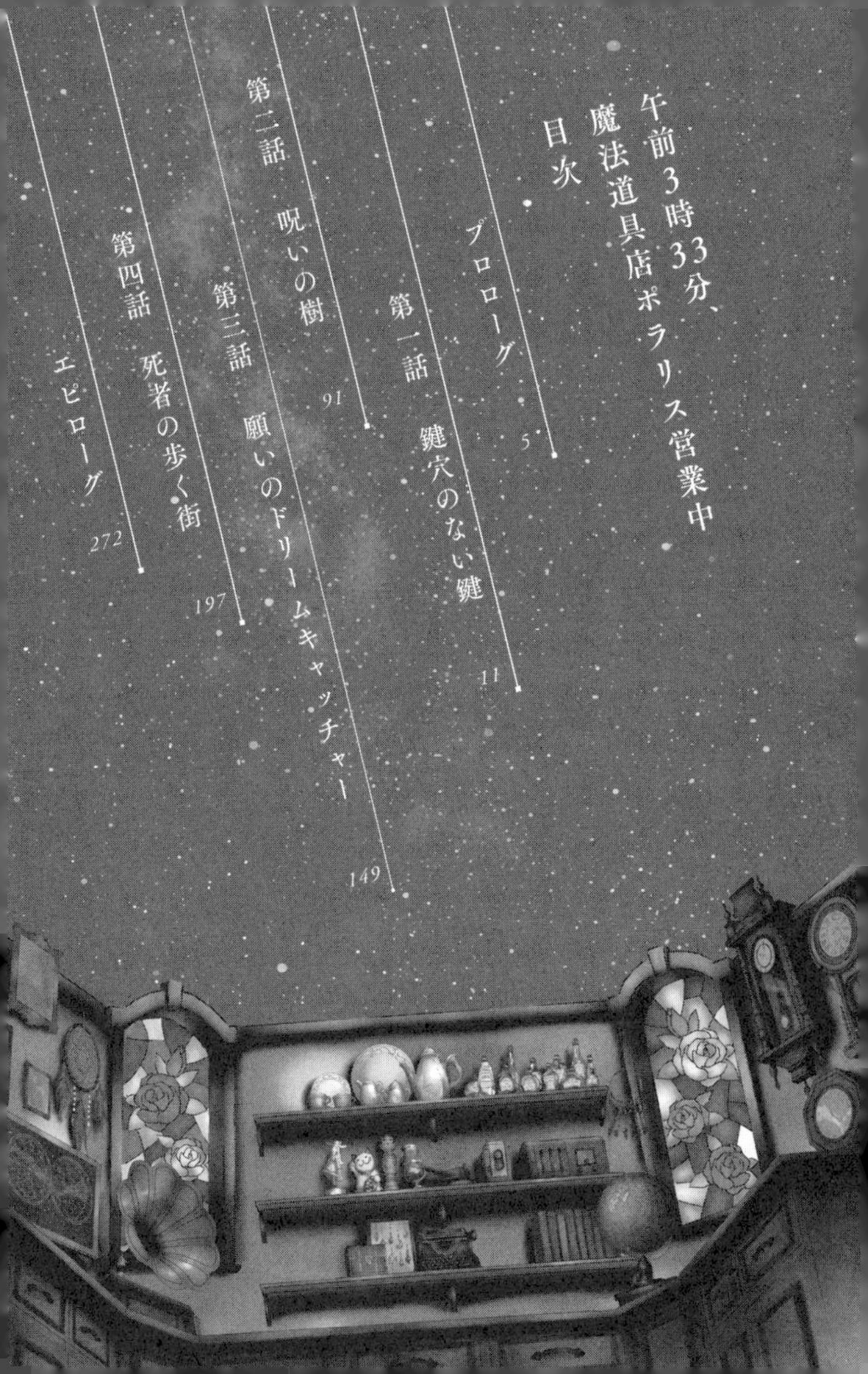

午前3時33分、魔法道具店ポラリス営業中
目次

目次・章扉デザイン――岡本歌織（next door design）
イラスト――とろっち

プロローグ

　春というものは一年で最もうららかで、どこか気分が高揚するものと思われがちであり、事実、大部分の人にとってはそうなのだろうけれど、しかしここ最近の僕に関してはまったくそんなことはなく、むしろ憂鬱な気分で大学構内をどんよりと歩くはめになっていた。

　具体的な原因はわかっている。あの悪夢と鍵束だ。

　理由は一切不明だが、一週間ほど前からだろうか。夢に奇妙な黒い影が現れ、大きくこちらに手を振るようになった。毎日毎晩、眠る度にである。なぜか心の深い部分をざらりと撫でられたような気分になり、どうにも僕は寝不足気味にならざるを得なかった。

　そしておまけとばかりに、これもまた一週間ほど前からか。起きる度に、枕元に謎の鍵束が現れるようになったのだ。何に使うのか一切不明の、異様な雰囲気の鍵束が。

　しかもそいつは捨てても捨てても翌朝には枕元に戻ってくるものだから、ひたすら僕を悩ませた。冗談だろ。何だこれは。まさか呪いのアイテムか。自分の力ではどうしようもない現実に頭が痛くなる。

　ただでさえ僕は〝ある呪い〟に苦しめられているというのに、何でこんなはめに。そうやってひとり落ちこんでいたからか。僕はついうっかりその〝呪い〟を発動させてしまった。

「――っ」

「あ、すみませ――は？　な、何よ急に⁉」

……やってしまった。

　ぼうっとしていたことに加え、この日は午前中に大学の入学式があり、いまいち勝手のわからない一年生たちで構内がごった返していたせいだろうか。五人くらいで横並びしていた邪魔な女子学生を避ける際に、その内のひとりの手に自らの左手をぶつけてしまった。途端に呪いが発動し、女子学生は僕を非難する。

「今、私のことけなしましたよね？　『こんなに混雑しているんだから、もっと周りの迷惑を考えろよ』って」

「いや、言ってない。僕はただ――」

「確かに聞こえたわよ。そりゃこっちも悪かったけど、何で初対面の人にいきなりそこまで言われなきゃいけないのよ！」

「待って、待ってくれ。本当に何も」

「知らない。二度と近づかないで！」

顔を真っ赤にして女子学生は怒り、友達らと一緒に文句を言いながら遠ざかってゆく。その後ろ姿を見ながら、声にならないため息を漏らす。

これが僕の左手に宿る奇妙な呪いである。まあ呪いというのは僕が勝手にそう呼んでいるだけで、ようは奇妙で不思議な体質持ちだという話だ。

いつからかもなぜなのかもまったくわからないし、未だ父親にすら明かせていない事実だけど、僕の体には確かにそれが現れてしまい、以降、左手で誰かに触れるだけで心の内がすべて伝わるようになってしまったのだ。

嫌いだと思えばそれが伝わり、不快だと思えばそれも伝わる。今のように、無意識に一瞬脳をかすめただけの毒づきですら、伝わってしまう。わざわざ言わなくても良いことだとわかっていてもだ。なぜかはわからないが、昔からルールを守らない人間を看過できず、どうしても心の中で毒づいてしまう性格はトラブルを起こしやすく、そのうえこの呪いとの相性は最悪だった。本音を隠せない人生は、おかげでいつだって水の中にいる感覚だった。

小学生の時も中学生の時も高校生の時も、呪いのせいで嫌われ者となり、孤独でどうしようもない日々を過ごした僕は、自分で言うのも何だけど、中々に斜に構えた性格になったと思う。母親の不在を辛いと思ったことはないけれど、友人の不在はやはり僕の人生に大きな影を落としたのだ。

大学二年生となった今もそれは変わらず、呪いが発動しないよう人との接触を避け、それでも触れてしまった時はこうしてけなされ、ますますひねくれる。おかげで恋人もいなければ友達もいない毎日をふらふらと過ごしている。本当にため息の止まらない話だ。

だからこそだろうか。

そんな僕だからこそ、気になったのかもしれない。

（月城さん、か）

桜の花弁が散る、始まりの季節。白く眩しい春のカンバス。その中を新入生に混じり、凛とした姿で歩くのは同じ学部の嫌われ者——月城環だった。

白い肌は春の日差しに眩しく煌き、明るい髪はさらさらと清楚さを奏でている。綺麗に整った目鼻立ちは誰もが心奪われる涼やかさ。クールな無表情と、気品ある佇まいがなす業か、彼女は今日も新入生を男女問わず虜にしている。

（彼女はどうしていつもひとりなんだろう）

すれ違い様に、そう思う。これだけの美貌を持つ反面、月城さんはなぜかいつもひとりで過ごしている。その美しさから、多くの人に声をかけてもらえるにもかかわらずだ。おかげで同性からは評判が悪く、陰口の対象にされている。ゆえに疑問を抱く。彼女はひとりが辛くないのかと。

べつに同情ではない。親近感があるわけでもない。彼女が何を思い、孤独を選んでいるのか気になっただけの話だ。僕には選ぶ余地さえないのだから。

僕の思いに気づくはずもなく、月城さんは歩き去ってゆく。残される僕は色めき立つ新入生から視線を外し、空を見上げる。空の青さを見ると、音のない寂しさを時々感じる。青く透き通る不安はいつも僕を見下ろしている。

賑やかな新入生に、サークル勧誘に必死な上級生。普遍なる日常を謳歌する彼らに包まれながら、僕は春の端っこにて小さく息を吐いた。

そんな僕と月城さんが数日後、非常に不可思議かつ意味不明な邂逅を迎えるとは一体誰が予想しただろうか。

春と青空の狭間(はざま)でさまようこの僕が、まさか月城さんのために呪われた左手を差しのべることになるなんて。しかもそのうえ、それがきっかけで〝魔法〟という、未知の世界と関わることになるなんて。

この時、僕は想像すらしていなかったのだ。

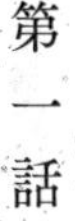

第一話　鍵穴のない鍵

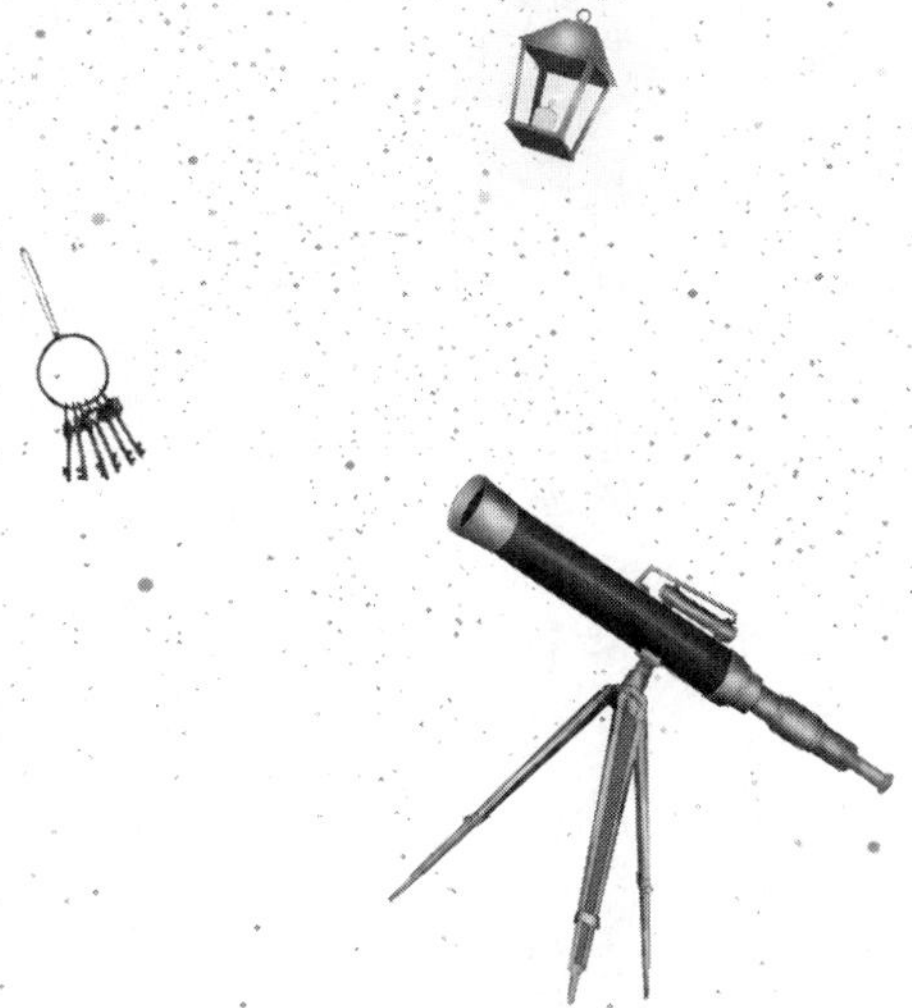

「遠野さん。いい加減にそこを通してください」

「待ってくれ月城さん、僕にもプライバシーがあってだな」

「十秒以内に通さないと警察を呼びます。三、二、一」

「せめて五秒から始めようと思わないのか？」

四月半ばの、とある陽気なお昼過ぎ。僕はひとり暮らしをしているアパートの玄関先で、月城さんと奇妙な押し問答を繰り広げていた。

どうして僕の部屋に押し入る側の月城さんが警察を呼ぶのか疑問だが、とりあえずなぜこんなことになっているのかを説明すると、少し時間を遡る。


ひとことで言うならその日、僕は相当に参っていた。

そろそろ提出しなくてはいけない課題や、左手の呪いなど、日常的に抱える問題はいくつもあったが、それはそれとして、最近は件の悪夢と鍵束に真剣に悩まされていたのである。

もうかれこれ半月ほど経つだろうか。春になり大学二年生となり、新品の風が心地よく吹く一方で、夢に現れる奇妙な影は一向に止む気配を見せなかった。

内容はいまいち思い出せない。暗く淀んだ空間で誰かが手を振っているのだが、正体はわからず。ただただ本能が「危険だ」と警鐘を鳴らすのである。

心霊の類など信じるわけではないが、そんな夢を見続ければ悲鳴と共に飛び起きてしまうのは当然のこと。しかも毎晩続くものだから上階の先輩に「うるせぇぞ！」と怒鳴られ、それらが原因で寝不足になり、アルバイト中にミスを連発。先日、見事にクビにされてしまった。くそ、万年金欠のひとり暮らしの身なのに。だけど、どれだけ落ちこんだところで世界はいつだって厳しい。

悪夢は止むことなくその後も続き、目覚める度に枕元に現れる奇妙な鍵束も消える気配はなかった。

そんなホラーを前にしてしまえば、もう正気ではいられなかった。謎の鍵束を大学のゴミ箱に捨て、都合のいい時だけ存在を信じる神様に祈りを捧げながら眠りに就くも、結果は出ず。

悪夢は止まない。鍵束は枕元に。上階の先輩は今日も怒る。

……さすがに限界だった。

といった具合にそこそこ精神がやられてきたところで、とある噂を耳にした。大学の近くに、怪奇現象を解決する店があるという噂を。

それを知ったのは完全に偶然だった。大学の食堂で昼食を摂っていたら、近くに座った新入生がそんな話を始めたのだ。

いわく、そのお店『アンティークショップ　ポラリス』は一見普通の骨董屋だが、「ご用件は」という問いに対し「キミとの甘い夜をいただきに来た」と応えれば、店主はミステリーハンターへと早変わり。見事、悩みを解決してくれるのだとか。

出来の悪い深夜ドラマのような設定であり、どう考えてもガセなんだろうが、そこに一縷の望みを抱く程度には僕の頭はやられていた。

講義が終わった午後三時。大学を出て、骨董屋の住所をスマホで調べ、ふらふら歩く僕はさながら夢遊病患者だ。そろそろ桜は散り終わろうとしているが、花の香りを纏う春風はみなの足取りを軽くさせ、眩い太陽が新緑の季節を祝福する。一方で僕は喧騒から逃げるように歩き、十五分ほど経ったところでそこに辿り着く。その店は、本当に何でもない骨董屋だった。

「ここだよな」

街の狭間にひっそりと佇む店の外観は、質素という表現が相応しかった。

華やかな花壇が彩るわけでもなく、シックなデザインが光るわけでもない。古びた喫茶店をそのまま改装したような空気が醸し出されており、住居スペースも兼ねているのか、建物は二階建てで意外に大きい。奥にはドーム状の屋根が見えており、それが唯一、異質さを演出している。店先には『アンティークショップ　ポラリス』と書かれたボードがあり、衝撃的だったのは扉に『アルバイト募集。時給三百円』との貼り紙があったことだ。募集する気があるのだろうか。

「おじゃましま……す」

とにもかくにも限界だったのだろう。僕はたすけを求めて扉を開いていた。カランカランとドアベルが鳴り、カウンターより「いらっしゃいませ」と鈴のような声が聞こえてくる。そして次の瞬間、驚愕する。目の前に予想だにしない光景があったからだ。

「え――月城さん？」

「？」

この時の感情を何と呼べばいいのか未だにわからない。

古びた骨董が窓際に並ぶ、静謐な雰囲気の店の奥。カウンター内の椅子に腰かけ、分厚い本を広げていたニットのよく似合う女性は、なんとまさかの月城環だったのだ。同級生で同じ学部で、美人で嫌われ者のあの月城さんである。

嬉しかったのではない。むしろ失敗したと感じたほどだ。

僕の中で月城さんは大学にて見かけるだけの存在だ。べつに交流を持ちたいと思ったことはないし、プライベートを知ることで彼女の孤高のイメージが崩れるのも何か嫌だった。

だから、この予期せぬ出会いに珍しくテンパってしまったのだろう。ここは大学から近いのだから、べつにアルバイトをしていたところで変でも何でもないのに。

ただでさえ悪夢のせいで疲弊（ひへい）しており、店内に他に誰もいなかったことも影響したのか、つい僕は余計なことを言ってしまう。

「わたしをご存知の方ですか」

「え、あ、ああ。大学でいつも陰（かげ）から見ているんだ」

「――は？」

（……もしかして今の言い方はまずかったか）

疲れていたのだと思いたい。まずいどころではないと気づけなかったのだから。

そのうえ、ドジは続く。

「……そうですか。それで、ご用件は何でしょう」

「用件――ああ、ええと、キミとの甘い夜をいただきに来たんだ」

「……っ」

（やばい。何だかすさまじい失敗をしてしまった気がする）

そう思うのも無理はない。月城さんはクールな顔をそのままに、しかし明らかに不快そうなオーラを立ち昇らせ始めたのだから。くそ、やっぱりあの噂はガセだったか。

だが後悔しても遅い。月城さんはスマホを片手に、どこかに電話をかけ始めたのだから。

どこに、などと思う暇もない。

「もしもし警察ですか。店に不審者が現れたのですが」

「待ってくれ。ちが、違うんだ。これは誤解で」

月城さんのダイレクト通報に焦りが止まらない。

しかし慌てたところで彼女の台詞も止まらない。

「はい。下半身を露出した男の人が突然現れて」

「いやいやしてない、そんなことしてないから」

「ええ。頭には女性ものの下着を四十枚ほど被っており」

「被りすぎだろう。四十枚って逆に凄いぞ」

「他にも店の床を舐め回しながら『美女の足跡は大好物だ』などと仰っていて」

「妖怪だな。そこまでくるともう妖怪か何かの——いや、というか」

(何なんだ？　一体何が起こっている⁉)

僕の頭はオーバーヒートしていた。月城さんが真顔で捏造ラッシュを始めるのだから当然だ。というか待ってくれ、月城さんってこういうことを言うタイプなのか？　清楚なイメージと全然違うんだが。

だが、そんなことを考えている余裕はなかった。とにかくこの状況を切り抜けなければ。

汗だくになりながら絞り出した台詞は、こんなものだった。

「たすけてくれ！　怪奇現象を解決してくれると聞いてここに来たんだ。もう自分じゃどうしようもなくて――頼む、お願いします！」

勢いよく頭を下げ、ぎゅっと目をつむる。わかっているさ。こんなことをしたところで無意味だとはわかっている。

怪奇現象の解決なんて、ただの噂話。何のことだと思われて当然だ。しかし他に何も思いつかなくて、必死に頭を下げ続けた。

そんな思いは、まさかの奇跡を生む。

「初めからそう言えばいいのですよ」

「え？」

僕は顔をあげ、見つめる。

その顔から、既に敵意を喪失させていた彼女の姿を。

「少々お待ちください。準備をしますので」

呆ける僕をよそに、月城さんはスマホをカウンターに置いて立ちあがり、ロングスカートを翻しながら店先の札を『ＣＬＯＳＥ』に変える。スマホの画面は通話状態になっておらず、それが僕に真実を教える。

「どうかされましたか」

「あ、いや、てっきり警察に通報されたのかと」

「しませんよそんなこと。環ちゃん特製ジョークです」

「ええ……」

よくこんなつまらなさそうな顔ができるなと言いたくなるほどに冷(さ)めた顔で、月城さんは微塵(みじん)も面白くないことを言い放つ。正直、わけがわからない。わからないが、わかることがあるならそれはひとつ。

どうやら僕は、まさかの当たりを引いたということだ。

「それでは店主の月城環がご依頼をお受けします。どうぞおかけください」

「はあ」

奇妙な邂逅(かいこう)を笑うように、風に揺られたドアベルがカランと鳴った。

月城環。凜風(りんぷう)大学に通う、僕と同じ文学部の二年生。彼女について語るなら、その評価は大きく二つに分けられる。

まず、女子からはとにかく不評。美人だけど愛想(あいそ)が悪い、性格が悪い、そういった意見が圧倒的多数な反面、男子からは絶賛の嵐だ。

大きな瞳や長いまつ毛など、清楚に整った顔は美しく、透明感のある肌は非常にきめ細やか。なぜかいつも薄透明の手袋をはめており、それらが清潔さを倍増させているとかいないとか。あとはぴくりとも笑わないクールな表情が人気の秘密で、「彼氏になりたい」「氷の瞳で見下されたい」「罵倒されたい」「踏まれたい」「唾を吐きかけられたい」などなど、一部偏りがあるものの、とにかく憧れと崇拝の対象なのだ。細身の割に胸が大きな点も人気の理由だとか。

そんな月城さんと、ただ今二人きり。月城さんはカウンター内の椅子に、僕はその前に備えられた木製の椅子に腰かけている。先ほどのやりとりのせいで、死ぬほど気まずい。時計の音が僕を訝しむ。

「わたしを知っているということは凛風生の方ですか」

「え、ああ。同じ学部の遠野晴貴だ。よろしく」

向こうは僕を知らないらしく「はじめまして」と告げられる。それでいい。知られている方が落ち着かない。それより気になるのは。

「それではお話をお聞きします。何でしたっけ。あなたがモテない理由ですか？　まずは女性を陰から見つめるのをやめるべきかと」

「さっきのは忘れてくれ。そんなことを訊きに来たんじゃない」

喧嘩腰の彼女に言いたいことはあったが、粗相をした直後なのでぐっと飲みこむ。カバンより取り出すは例の鍵束だ。

「最近、頻繁に悪夢にうなされているんだ。しかも、目覚めるとこれが枕元に現れるようになって。ゴミ箱に捨てても川に放り投げても、次の日には戻ってくるから気味が悪くてな」

「拝見します」

言い終わるや否や、月城さんは鍵束を手に、色んな角度から眺め始める。それを見ながら、僕はむずがゆい気持ちになっていた。

捨てたはずの鍵束が悪夢と共に戻ってくる。中々に頭のさわやかな話だと自分で思う。だけど本当なうえ、月城さんが真剣に鍵束を見つめているので、どうすることもできない。しばらく僕は、細く綺麗な指先を眺め続けた。

そうして、緊張の時がどれくらいか過ぎた頃。

「詳しくはまだわかりませんが、この鍵束からはただならぬ気配を感じます。具体的には『魔法道具』である可能性が非常に高いです」

「は？　魔法道具？」

月城さんの衝撃の台詞に、勢いよく問い返す。

相談しに来ておいて何だが、正直「寝ぼけていたのでは」くらいの対応をされる覚悟はしていた。だから、まさか肯定してもらえるとは。しかも魔法道具。何だそれは。どこでもドアとかそういうあれか？　あれは秘密道具か。秘密の割にバンバン情報開示しているよな、ドラちゃんは。それはどうでもいいとして、とにかく僕は戸惑いを隠せなかった。

そんな僕を前に、月城さんは淡々とした声で説明を始める。

「人の心が強い想いを発する時、そこに魔法という概念が生まれます。その魔法が物に宿れば『魔法道具』に。人に宿れば『魔法使い』になります」

「魔法道具も魔法使いも、元となった心に関連する能力をひとつ宿します。それらは限定的な力しか持たず、多くの場合は自動で発動してしまうので、悪影響をおよぼすことがほとんどです」

「この店では、魔法や魔法道具の起こす事件の解決をサポートしています。普段はアンティークショップですが、依頼があれば無償でたすけるというのが先代からの方針ですので、お金の心配はなさらないでいただきたく――」

などなど。その後も月城さんの魔法講座は延々と続いた。

それを聞きながら、失礼ながらこう思っていた。

(この人は、もしかして結構やばい人なのか?)

本当に何度も言うように相談に来ておいて何なのだが、どうしても僕はこの現状を受け入れられないのだ。怪奇現象を肯定されただけでも驚きなのに、その正体が魔法。いくら何でもと思ってしまう。

だけど面と向かって否定できないのは、左手の呪いのせいでこの世には説明のつかないものがあると身をもって知っていたからか。月城さんのよく通る声に、迫力めいたものを感じたことも影響したかもしれない。

「えー、以上がだいたいの説明です。ご理解いただけましたか」

「ああ。うん、いや、まったくわからなかった」

わかるわけがないので正直に応えた。

だというのに、月城さんは理解できないこちらが悪いかのように「まあ、彼女もいない人には難しい話でしたね」と厭味を言う。待て待て、何だそのいちゃもんは。

「そんなの関係ないだろう。決めつけるのもどうなんだ」

「では、いるのですか?」

「今はいないけど」

「………」

「ずっといないけど!」

赤面する僕を、月城さんは「ほれ見なさい」と言いたげな瞳でクールに切り捨てる。ぐ……今なら悪評の理由がわかる気がする。どうも月城さんは愛想が悪いというか神経を逆撫でするというか、やたら余計な発言をするのだ。何か目的があるのだろうか。

彼女はそんな疑問に気づくことなく、さらに衝撃なことを告げる。

「まあ信じられないのも無理はありません。なのでここから先は実際に見ていただきます」

「ん？　見る？」

そう言ったかと思うと月城さんはすっくと立ちあがり、近くにあったバッグを手に店の出口へ向かうのだ。どこに行くんだと思う暇もない。

「ぼーっとしてないで案内してください。あなたの家へ行くのですから」

「は？　家？　何で」

「現地調査が基本です。女性の残り香を堪能していないで、行きますよ」

「してないから。何であんたは僕を変態にしたがるんだ」

僕のツッコミなど何のその。月城さんは歩き続けるので慌てて追いかける。

鍵束とか魔法とか訊きたいことは山ほどあったが、この時僕の頭を支配していたのは「月城さんのキャラがわからない」というものだった。クールで無表情な雰囲気はいつも通りだが、喋ってみるとドライというか、わがままというか。その感想は当たりだと知ることになる。

彼女の本領が発揮されるのは、ここからが本番だったのだから。

アンティークショップを出て、徒歩で約二十分。辿り着いたのは、大学裏に位置するアパートの一室、僕の暮らすワンルームだ。

あの後、当然僕はどういうことかと質問するも、月城さんは「現地調査が鉄則です」の一点張り。冷静に考えて自分の部屋に女性を招くことは、何かこう、大変なことではと感じた僕は、引き留めようと足掻くも効果はなく。

警察を呼ぶ呼ばないといった謎の押し問答を繰り広げた結果、どうにか掃除する時間を確保させてもらい、部屋を片付けた現在。人生初となる、女性を部屋にご招待という大イベントを迎えていた。

「こちらが現場ですね」

「言っておくが面白いものは何もないぞ」

謙遜ではなく、本当にないので自信を持って告げる。

僕は基本的に部屋を彩るという概念に疑問を持っている。テレビでおしゃれハウスを見かける度に、掃除しにくそうとか埃が溜まりそうといったことを考えていた。なので生活必需品と、趣味の本ぐらいしか置かないのが僕のスタンスだ。

一方で月城さんは相も変わらぬ無表情で、部屋をぐるりと見渡している。そしてこんなことを言う。

「今回の原因となっていそうな鍵束についてですが、魔術の世界では度々『鍵』という存在が取り沙汰(ざた)されます」

僕の預けた鍵束をちゃらりと鳴らし、クールに続ける。

「有名どころを紹介するなら『ソロモンの鍵』でしょうか。鍵と名がついておりますが、こちらは西洋における古い魔導書(まどうしょ)のひとつです。魔法陣や呪文(じゅもん)など、魔術についての知識が載せられており、そこから察するに表題の鍵とは、魔術をひも解く鍵、魔術師の知識や記憶を解き明かす鍵など、封じられた真実へ手を伸ばす概念を指しているとも考えられます」

「へえ。そうなのか」

「他にも魔導書と呼ばれるものはたくさん存在します。『レメゲトン』『ネクロノミコン』、数え上げればキリがありません。東洋における陰陽師(おんみょうじ)であったり、シャーマン、呪術師など、摩訶不思議(まかふしぎ)とされるものを記した魔導書は世界中に存在します。それだけ人類史において魔術が重要なものであったとうかがえます」

語り続ける月城さんの声はよく響き、心地よかった。

つい僕は興味もないのに聞き入ってしまう。

「しかしあくまでそれらは魔術という分野のお話です。太古(たいこ)において魔術と魔法は密接な関係にありましたが、現代において、これらは別カテゴリーと考えていただいて結構です。魔術は錬金術などが代表する化学、もしくは宗教の一部として衰退しましたが、一方で魔法は未だ科学にて説明のつかないものとして、人の心に根付いていいます。ゆえに今回求められる鍵の意味とは、わたしたちがイメージする鍵こそがヒントになるということです」

「僕たちがイメージする鍵？」

「現代人が鍵に対してイメージするのは、家の鍵、金庫の鍵など、封じるという概念です。もしくは謎を解き明かす象徴（しょうちょう）でしょうか。なのでまずは前者の可能性を踏まえ、この部屋から鍵穴を捜索したいと思います。鍵があるのですから、どこかに鍵穴もあるでしょう」

「はあ――って、は？　捜索？」

よからぬ単語に月城さんの顔を見る。

「はい。ここで悪夢を見たのなら、この部屋に原因がある可能性は高いと思われます。ではいきますよ」

「な、おい、待っ――わぁあああ！」

何ということか。思わず僕は悲鳴をあげる。

あろうことか月城さんは、僕の返答を待つことなく、遠慮なく部屋を物色し始めたのだ。クローゼットを開け、カーペットをめくり、下着の入った引き出しをがさごそと——いやいや待て待て待て！

「ちょっとあんた、何をしているんだ！」

「鍵穴を探しているんです。あなたも手伝ってください」

「でもここはプライベートな空間で、そのためにさっき掃除したんだぞ！」

「はい。どうせ漁る（あさる）のに、なぜ無駄なことをするのかと疑問に思っていました」

「ぐ……繰り返すけど僕にだってプライバシーがあってだな」

「お気になさらないでください。女性の足跡が大好物の人の部屋から今さらいやらしいものが出てきても、好感度が少し下がるだけですので」

「さも事実のように言うんじゃない。ちなみに下がるってどのくらいだ？」

「少なめに見積もって400ほどでしょうか」

「今の僕の好感度は」

「5といったところです」

「しっかり致命傷じゃないか！」

プライバシーなんて何のその。必死に足掻くも月城さんは止まることなく、その後も彼女は部屋を漁り続けた。くそ……最悪だ。まさか今日、こんな大恥をかくなんて。物色しまくる彼女を前に、とにかく赤面するしかなかった。

そうして一時間ほど経った午後五時過ぎ。西日の差しこむ時間帯。

「鍵穴はありませんでしたね。調査は振り出しに戻ります」

「ここまで漁っておきながら……」

しれっと言い放つ彼女へ恨めしい声をぶつける。さすがに気力も枯れ果て、叫ぶ力もなくなっていた。

だけどそれが、意外にも事態を進めるきっかけとなる。

「べつに落ちこむほどのことでもないでしょう。あなたのお母さまに部屋を見られたくらいに思えばいいのですから」

「気にするに決まってるだろう。同い年の女性に部屋を見られたんだ。それに僕には母さんがいないから、部屋を見られる感覚なんてわからない」

「え」

何気ないひと言だった。母さんがいないのは僕にとって普通のことなうえ、疲れ果てていたので特に考えずそう言ったのだが。

「…………」

「ん？　どうした」

なぜだろうか。

月城さんは沈黙を挟んだかと思うと、突如、こんなことを言い出したのだ。

「……今のはわたしに非はないと思います」

「は？」

「こういった場面において謝罪する人を時折見かけますが、本来、知らなかったのだから仕方がないはずなんです」

「はあ」

「ですがこのままだと、ただでさえひねくれていそうな遠野さんは、自宅に美人を招いて過去に触れられ傷ついたという件を引きずり、一生女性と交際できない悲惨な人生を送る可能性があります」

「待て。何で急に僕はけなされ始めたんだ」

「ですからこれはあなたのためです。わたしが悪いのではなく、遠野さんの将来を考えて、あえてこちらが大人の対応をするという意味で」

「という意味で？」

「まあすみませんでした。不本意ですが一応、仕方なく謝っておきます。余計なことを言って申し訳ありませんでした」

「…………」

（え——もしかして今のは謝罪のつもりなのか？）

まあ、不本意、一応、仕方なく。

謝罪に添えてはいけない単語が実に四つも連なっており、謝っているというより

「はいはい。謝ればいいんでしょ。すいませんでしたー、はい終わり」レベルの盛大な喧嘩を売られた気分だが、それでも本当に一応レベルの謝罪の気持ちはあるらしい。その不満気な頬に、スポイトで赤いインクを一滴垂らした程度ではあるが、僅かに朱が差している。何てかわいげのない女だろうか。そう思ったものの、まあ僕も無神経だったかと息を吐く。

「母さんは病気持ちで、僕が小学四年生の頃に亡くなった。だけど子供の頃の話だから母さんのことは覚えていないし、悲しいといった感情も特にない。実家の父さんとは仲良くやれてるしな。だから気にしなくていい。こっちも責めるような言い方をして悪かった」

「べつにあなたが謝る必要はないでしょう」

「いいんだ。よく考えれば依頼をしたのはこっちだ。来てもらったのに気を遣わせたのは事実だからな」

「……それならべつにいいですけど」

そんな会話を短く交わす。ちっぽけでどうでもいいやりとりだったが、不思議と張り詰めていた空気が和らいだように感じた。

そして、このやりとりが何か思い当たるきっかけになったのか。月城さんはふと唇に手を当て思案し始める。僕も釣られて沈黙する。

いつの間にか空には夕闇が混ざり、黄昏が月城さんの髪を眩く煌かせた。長いまつ毛は瞳に濃い影を残し、くっきりとした陰影が、この瞬間にしか見られない麗しさを描く。細い指を食む唇は、どこか背徳的な気分にさせてくれる。見た目だけは本当に美人だ。美人は三日で飽きるというが、月城さんに関しては三日で飽きるには無理があるなと思えた。そう思ったことで、不思議とこの時間が贅沢なものであると感じられた。

長いような短いような時間は終わる。

月城さんは思考の世界より戻った瞳でこちらを見つめる。

「遠野さん。本日はおつきあいくださり、ありがとうございました」

「ん、ああ。こちらこそ」

「今日はもう遅いのでお暇します。続きは後日でよろしいでしょうか」

「……そうか。わかった。じゃあ後日、よろしく」

彼女の言葉を、僕は安堵と少しの残念さで受け止めていた。

言っておくが下心ではない。安堵の方が遥かに大きい。下着の入った引き出しを漁られた時に「面白みがないですね」などと面白みのない顔で言われたことは、僕の心にそれなりのダメージを残した。

それでもこの瞬間、少しだけ彼女を知るきっかけが見えた気がして、それを逃したことが惜しいと感じたんだ。それだけだ。鍵束や魔法など、もっと訊くべきことがあるはずなのに、僕が気にしていたのはそんなことだった。

　ただ、その日の帰り際、玄関にて残された言葉に希望が灯る。

「この鍵束はこちらで預かりたいと思いますが、よろしいですか」

「そうしてくれると助かるな」

「引き続き調査を行いますので、しばらくお待ちください。それと、またお住まいにお伺いすると思いますので、その際もよろしくお願いします」

「え――あ、ああ。わかった」

　それを最後に月城さんは去って行った。部屋に残された僕は、今の会話を脳内再生する。どういう意味だ。また来るということか。そう理解した時、僕の中で途切れていた糸が、再び繋がったように感じた。

　何と何が繋がったのかはわからない。わからないけれど、それを嫌なことだとは思わなかった。その理由を知るのは、少し先のこととなる。

「……次は紅茶くらい用意しておいてやるか」

　小さな吐息を旅立たせながら、誰にともなく呟いていた。

　夢を見た。珍しくその日は悪夢ではなかった。

僕が自宅で、生前の母さんと一緒にプリンを食べている夢だった。僕たち二人は笑い合っている。そういえば僕のプリン好きは母さん譲りだっけと思い出す。母さんについて覚えている、数少ない記憶のひとつだ。だけど、そんな平和な夢はすぐに終わる。

続けて眼前に広がるのは、幼い頃の学校での一幕。母さんが亡くなった後の記憶だ。

ある女子生徒が、母のいない僕を気遣って優しい言葉をかけてくれる。だけど僕はそれが偽り(いつわ)と見抜いていた。その子は「かわいそうな子に気遣いできる自分はすてきだ」と周囲に見せつけるタイプだったのだ。以前もいじめられっ子を気遣いながら、陰で笑っていたことが何度かあった。

べつに母がいないことを苦にしていない僕にとって、彼女の行動は鬱陶(うっとう)しかったけど、邪険(じゃけん)にするわけにもいかず、それなりに対応した。だけど心の中での本音が左手を通して伝わってしまった。もしかしたらこれが、初めて左手の呪いが発動した時だったかもしれない。

鬱陶しい。自分に酔いたいからって僕を利用するな。

そんな思いは伝わってしまい、女の子は僕を非難し、以降も心の中での呟きがことある毎に漏(も)れ続けた。その度に後ろ指を指され、罵倒(ばとう)され、憎しみが募り、いよいよ僕の性格はねじ曲がっていった。

そうした嫌な夢をどれくらいか見た頃に、視界は真っ暗になる。そして始まるは例の悪夢だ。暗い世界で何かが手を振っている。黒い塊は叫ぶ。暗闇に紛れて声がうっすら聞こえる。

ハルくん。そう聞こえた気がした。何の声なのかはわからない。

わからない。わからないが、息苦しくなってきた。この夢を見ると、途端に心が何かを拒絶し始める。頭が痛くなり、吐き気がして、黒い闇が全身より立ち昇る。苦しい。痛い。誰かの泣き声がする。やめろ。僕は。

闇に蝕まれる夢はそこで終わった。

月城さんと奇妙な邂逅をした翌日からは、特に何もない日々が続いた。

これまでと変わらず悪夢は見るが、月城さんに預けたことによるものか、枕元に鍵束が現れることはなく、この苦しみを誰かに話せたことも思いの外大きかったのだろう。少しだけ軽くなった気持ちで毎日を過ごせていた。

とはいえ、月城さんとの関係にこれといった変化はなかった。挨拶を交わすでもなく、凜と歩く彼女を遠くから見かけるのみである。まあこれでいい。急に親しくするのもどうかと思うしな。

といった感じで、何をどうすることもできない僕は、ひたすら待つ時間を過ごした。だけど任せきりというのも何なので、僕は僕で調査を始めた。

まずは魔法について。半信半疑だが、興味はあった。大学の図書館に行き、端末にて関連本を検索してみる。

主に見つかったのは魔術について記した本だ。開いてみるも、わけのわからない魔法陣が大量に記されており、即閉じた。どうもこういうのは違う気がする。月城さんも魔術と魔法は別だと言っていたしな。

なので別のジャンルを探してみると、今度は『心理学は魔法ではなく数式だ』という本が見つかった。絶対無関係だと思いつつも一応読んでみると、たまたま開いたページで多重人格について紹介してあった。

何でも人は辛すぎる経験をすると、自らの心を守るために、無意識のうちに辛い記憶を封印するそうだ。その時に封じた記憶が別の人格として現れることが、多重人格に繋がるのだとか。なるほど。ちょっと面白そうと思いつつも、やはり魔法には関係なかったので本を閉じる。

次に検索にヒットしたのは、幼い子供向けの絵本だ。大学の図書館には、意外にこういうものも置いてあるのだ。

他にあてもないので、片っ端から漁ってみる。正直、ヒントになるものはなかった。ただ、その内の一冊が目に留まる。『魔女のパン屋さん』。これは懐かしい。小さい頃に好きだった一冊だ。子供の頃に読んだのを覚えている。魔法使いの女の子と、人間の男の子の話である。

女の子は魔法が使えるけれど、気が弱くてひとりじゃ何もできない。一方、男の子はこれといって取り柄はないが、元気だけは一人前で、ぐいぐい女の子を引っ張っては行動する。そんな二人の物語。

最終的に女の子は男の子のたすけを借りてパン屋さんを開くのだ。魔法で作ったそのパンはとても美味しく、多くの人に賞賛される。本当に懐かしい。絵本というのは馬鹿にできないもので、この歳になっても十分に心が温まる。

当初の目的はどこへやら。僕は大量の絵本を手に、懐かしさに浸る時間を過ごした。事態が動き出したのは翌日のことだ。

金曜日のその日、僕は食堂にてひとり、昼ご飯を食べていたのだが。

突如、賑わっていた学食が騒然とする。

「遠野さん。こちら、よろしいですか」

「――は？」

何ということか。うどんをすすっていた僕に相席を求めたのは、まさかの月城さんだった。大きなお弁当箱を携えた彼女が、当然のように正面に着席するのである。途端に、周囲の男たちがざわめき始める。

「何？　どういうこと」「お、俺の月城さんが」「あいつ誰だよ！　何で月城さんと！」「うわ……神は死んだ」

（まずい。これは本気でまずい）

何食わぬ顔で食し始める月城さんを前に、焦る。それには理由がある。

先述した通り、月城さんは女子から大層嫌われている反面、男子からは絶大な人気を誇っている。だが、じゃあしょっちゅう男子を侍らせているかというとそんなことはなく、むしろ逆。高嶺の花として崇められた結果、男の間では月城さん不可侵条約みたいなものが暗黙の内に結ばれており、ようは抜け駆けした奴には全方位からデッドボールが飛んでくるといった空気があるのだ。

にもかかわらず、こんな場所で相席ご飯。周囲より怒りの熱が感じ取れる。

しかもさらに彼女は火に油を注ぐのだからたまらない。

「先日は部屋にあげていただき、ありがとうございました。とても有意義な時間でした」

ざわわっ！

食堂全体が大きく揺れる。

「そのうえで昨日、遠野さんの実家に行かせていただいたのですが」

「え⁉　何で——」

「はぁああ⁉　実家ぁあああ⁉」

背後にいた男子学生が怒りの咆哮(ほうこう)をあげた。思わずびくつく。いやびっくりするだろう今のは。そんな大声で叫ばなくても。

だが、それでも月城さんは、お構いなしなのだからある意味すごい。

「もちろん鍵穴を探すためです。お住まいにお伺いすると言ったはずですが」

「あの流れで実家を連想する奴はまずいない。よく住所がわかったな」

「部屋を捜索した際に実家からの郵便物を見つけましたので。お父さまにもご挨拶をさせていただきました」

まさかの事実にうなだれる。この展開は想像していなかった。

そう言えば昨晩、父さんからＬＩＮＥで『父さん緊張で死ぬかと思ったぞ』と届いていたが、面倒だったので返していなかった。スルーしてる場合じゃなかったな……。

などなど、月城さんの奇行に僕は大慌て。周囲の学生たちも「お父さまにご挨拶って」「嘘だと言ってくれ」などと、不穏(ふおん)な空気がいよいよ深刻になってきたのだが。

しかしさすがは月城さん。

耳を貸すことなく、クールな顔のまま重大なことを告げるのだ。

「そして調査の結果ですが、鍵穴を見つけたことをご報告します」

「……え、は？　見つかったのか⁉」

「はい。正確にはまだ見つけていませんが、おおよその場所は特定しました」

「そ、そうなのか」

何ということか。あれだけ見つからなかった鍵穴が実家にあったとは。さすがに驚く。いや、でも正確には見つけていないというのはどういう意味だろう。何にせよ、事件解決に進んだのだとしたら――。

「つきましては今後についてですが」

ただ、ここで予期せぬ邪魔が入ってしまう。

「ねえねえ月城さん。こんな奴より俺たちと遊ぼうぜ」

「え――あ」

月城さんの話を遮るよう、彼女の背後よりぐいっと現れたのは、男子学生二人組だった。彼らは僕に目もくれず、両サイドから言い寄る。

「ね、いいでしょ。ちょっとお茶するだけだから」

「あ、それともカラオケ行く？　月城さんの好きなとこに行こうよ」

(嘘だろ。何だこの面倒な状況は)

髪を染めたチャラついた空気の二人を前に、嘆息する。

僕が知る限り、月城さんに構内でナンパする奴なんていなかったはずだ。なのにこんな白昼堂々出てくるのは、僕の存在により、自分にもチャンスがあると思われたからか。だとすると、これは僕のせいと言えるかもしれない。

何にせよ今は遠慮してもらいたいところだ。月城さんを誘うのは好きにすればいいが、僕たちは真剣な話をしているのだから。

「なあ、悪いけど今は――」

「ねえいいでしょ月城さん。こんな奴放っておいて行こうぜ」

「頼むよ月城さん。こんなのより俺たちといた方が楽しいって」

(……はあ。何なんだこいつら)

さすがにその対応にいらっとくる。心の中でどう思おうと勝手だが、それを表に出せば面倒になるとわかるだろうに。このわからず屋に何を言ってやろうかとしぶしぶ考える。

「はあ」

だが、僕が何かを言う前に、月城さんは大きなため息を吐(つ)いたかと思うと、気怠(けだる)そうに――。

「御二方」

「ん、なになに月城さん？」「俺たちと遊ぶ気になった？」

「大変申し訳ありませんが、あなた方の顔は微塵もタイプではないので、半径五十メートル以内に近づかないでもらえますか」

「「え」」

……何かすごいことを言い出した。空気が完全に凍りつき、時が止まる。

しかし彼女は止まらない。

「御二方、どうぞご覧ください。これは鏡というものです。人の文明が作り出した、とても高度で便利な日用道具です」

「え、いや、知ってるけど」

「そうですか。では使ってみることをおすすめします。見えますか。ここに映っている下品かつ陰湿な土偶を叩き割ったかのような顔面が。これがあなた方二人のご尊顔です。どうぞ目を見開いてご覧なさい」

「ど、土偶って」

「正直に申し上げます。不細工ですね。よくぞこんなぐちゃぐちゃの顔でナンパする勇気が持てましたね。その勇気は、褒めてあげます。ですが、はっきり言って不愉快です。その顔面でも攻略できる女と思われたことは、環ちゃん一生の不覚です」

「い、いや、それは」

「何にせよ縄文時代の方とお近づきになる気はありません。どうぞ鏡の誕生する時代まで土にでも埋まっていてください。その顔だと本物の土偶と間違われる可能性がありますので、その点だけお気をつけて。それではさようなら。二度と声をかけないでくださいね」

「う、ぐす、うわあああん！」

（ええー……）

何という罵声の嵐か。

罵倒という罵倒を浴びせられた二人はチャラついた空気をかなぐり捨て、涙目で駆けて行った。その撃退術に、周囲より拍手が起こる。何て容赦のない女か。敵に回してはいけないタイプだな。

そんな僕の感想を知ってか知らずかどうでもいいのか、いつの間にかお弁当を食べ終えていた月城さんは、デザートのプリンを用意しながら続ける。

「邪魔が入りましたね。話を戻しますが、引き続き鍵束の件を進めたいと思います。それで問題ないでしょうか」

「あ、ああ……もちろん続けてくれ」

頷(うなず)く僕に、彼女はプリンを平らげながら、わかりましたと呟く。

そして、最後の最後にとんでもないことを告げるのだ。

「それでは幸運にも本日は晴れのようですので、午前三時にお店にいらしてください。そこですべてを明らかにしたいと思います」

「三時？　三時だとまだ講義があるんだが」

「午後三時ではありません。午前三時です」

「は？　午前？」

プリンの容器に沈黙が積もる。午前三時って——え、それって。

条件反射で赤面してしまうのが自分でもわかる。急に月城さんの顔が妖艶(ようえん)に見えてきた。戸惑う僕に彼女は堂々と宣言する。

「真夜中の午前三時に、店にてお待ちしております。ご心配なく。わたしはひとり暮らしですので、二人きりでお会いしましょう」

（な——はぁあああ!?）

その台詞に、僕の頭は真っ白になった。


夜の下(もと)をふわふわさまよう。

頭上には半月(はんげつ)。雲ひとつない綺麗な夜空。無数の星々が瞬(また)き、静寂(せいじゃく)の夜は音のない歌を歌う。そんな夜に見下ろされながら自転車を漕ぐ僕は、ぐるぐるした気持ちを抱え、昼間を思い出していた。

「月城さん、こんな真夜中に何を考えてるんだ」

午前三時にいらしてください。

月城さんは確かにそう言った。それを聞いた時、僕は大いに焦った。真夜中に男女が二人きり。どうしたってその意味を考えてしまうからだ。

だが月城さんはそれ以上は説明せず、去って行った。わけがわからないが、すっぽかすわけにもいかない僕は、仮眠してから行こうと思ったものの眠れるはずもなく。二時四十五分を迎えたところで、夜空の下に飛び出した。

「こんな夜中に自転車を漕ぐなんて初めてだな」

夜中に漕ぐ自転車はどこか不思議な踏み心地だった。

音もなく、光もなく、誰の気配も感じない孤独な世界。だけどちっとも寂しくはなかった。むしろ月と暗闇が側に感じられる空間が、心地いいとさえ感じていた。

夜風はまだ冷たいが、首筋をくすぐる柔らかさが愛おしい。見慣れたはずの住宅街は時が止まったように寝静まり、世界が僕ひとりのものになったようにさえ感じられる。タイヤが回る音の隙間より、夜の囁きが聞こえた気がした。

小さい頃にも、こうして夜の下を歩いた気がする。確か母さんと二人で歩いたんだ。月城さんに会ってから、母さんのことをふいに思い出すことが増えた気がする。

　星空を指さす母さんが、僕に何かを教えてくれた。内容までは思い出せないけれど、それでも大切な記憶だったと心が覚えている。幼い僕は夜の世界で何を知ったのだろう。

　店に着いたのは午前二時五十分だった。自転車を止め、扉に手を伸ばしたところで気づく。店の前に置いてあったボードが『魔法道具店　ポラリス』に変わっていた。心臓が今までにない音を立てた。

「おじゃまします」

　扉を開け、灯りのついていない店内を覗く。中に広がるは以前と同じ景色。だが、窓際で眠る古びた骨董からは、真夜中ということもあって不思議な息遣いを感じた。そんな夜の端っこで、椅子に腰かけ、古びたランプに照らされるのは、僕を呼び寄せた張本人、月城さんだった。

「いらっしゃいませ」

「ああ――って、うわ、あんた酒飲んでるのか？」

「仕事中にお酒なんて飲みません。失敬な」

「そうなのか、匂いがしたからつい……じゃあこの香りは何だ」

「ワインです」

「前言撤回してくれ。僕は今、すごく納得がいっていない」

夜に出会う月城さんは、まさかのほろ酔い状態だった。クールな顔を僅かばかり蕩(とろ)けさせた表情で「今のは環ちゃんジョークです」と言っている。はあ……何を考えているんだか。緊張していたこっちが馬鹿みたいだ。

「まだ少し時間がありますので」

彼女は立ちあがり、ワインを勧めてきた。お酒には興味がないのでお断りする。すると代わりに紅茶を用意してくれた。カウンターの奥にちょっとした調理場が備えられているのだ。春とはいえ、夜はまだ寒い。かわいらしいカップにて差し出された紅茶は熱く、夜に腰かける僕の心をほぐしてくれた。不思議と気分が軽くなった。

「なあ月城さん。昼間は悪かったな」

「何がですか」

「変な連中に絡(から)まれたのに、何もできなかったからな」

気づけば僕は、自分から話しかけていた。珍しいことだと自分で思った。時間帯のせいでハイになっているのか、ワインの香りによるものか、なぜかはわからないが自然とそうしていたのだ。

対して月城さんも、今夜はひと味違った。

「構いませんよ。むしろ人前で声をかけてしまったわたしの失態です。あそこまで熱心な環ちゃん信者を釣り上げることは滅多にないのですが」

「信者って、随分自分に自信があるんだな」

「この美貌ですから。世が世なら邪馬台国の女王となっていたでしょう」

自分で言うあたり、さすがの図々しさだ。ただ、それより気になったのは今の口ぶりだ。月城さんにとって、ああいうのは珍しくないのだろうか。ナンパされることではなく、誰かに話しかけることでその人を面倒に巻きこむことが。

（…………）

なぜだろう。なぜかは知らないが、この時、僕は目の前の月城さんが無性に寂しそうに見えたのだ。そして、そう感じたことにより、沈黙している場合ではないとも感じていた。呼び出された理由なんてどうでもよくなっていた。

甘いレモンティーと静寂の夜。ランプの灯が僕を大胆にする。

「表にアルバイト募集の貼り紙があったけど、あれは何なんだ」

「何なんだとは」

「時給三百円は安すぎだろう」

「あれでいいのですよ。雇う気など初めからありませんので」

「どういうことだ」

「時々わたし目当てで働きたいと仰る方が現れるので、魔除け代わりです」

「本当によくモテることで」

「卑弥呼ですから」

「卑弥呼は二本目のワインに突入しないと思うぞ」

いつもと変わらないすまし顔。だけど夜のおかげか、ワインを嗜む月城さんは柔らかく感じられた。久しぶりに父さん以外の人と会話らしい会話をした。とっつき難いドライな女というイメージだったが、今はむしろ話しやすいとすら感じる。どれが本当の月城さんなのか。しばらく僕たちは、何でもない話を続けた。

ふとした質問が、夜の空気をさざめかせる。

「そういえば、どうしてあんたは店を開いているんだ。まだ学生なのに」

「……」

何気ない質問だった。だけど月城さんは黙してしまう。

何だ。今のは訊かない方がいい質問だったのか。いやでも気になるだろう。大学に通いながら店主をして、しかもひとり暮らし。だけど月城さんはやはり応えず。気まずい空気に身動きが取れず、僕も沈黙する。

しばらくした後に、月城さんは静寂を崩す。

「おばあちゃんが魔法使いだったんです」

「え？」

どこか幼い無垢な表情。祖母ではなくおばあちゃんと呼ぶ、夜に鈴を落としたような美しい声。

僕は、月城さんの内側に初めて触れる。

「以前にもお話ししましたが、魔法とは人の心より生まれます。喜び、悲しみ、怒り。強い感情を抱いた時に、その人の内側に魔法という概念が生まれます。その人の手が物に触れれば、それは魔法道具に。人に触れれば、その人は魔法使いとなります。空の器に強い想いが宿ることで、魔法が顕現するのです。場合によっては器の姿形さえ変えてしまい、そして、元となった感情に由来した能力が宿るのです」

「へえ……」

初めて店を訪れた時にも聞いた魔法の話。夜に囁く月城さんの声は僕の胸にすとんと落ちた。ようやく未知の何かと邂逅した。

「魔法の存在はほとんど知られていませんが、日常に多く溢れています。宝くじに何度も当たる人。雨男。晴れ女。彼らは大抵魔法使いです。知らない内に魔法使いとなり、無意識に力を行使していることは珍しくないのです」

「そうなのか」

「しかしごく稀に、強すぎる想いがコントロールしきれない魔力を生んでしまいます。人の意に反し、勝手に能力を発動させる魔法道具が最たる例です。遠野さんの鍵束は、それに該当します」

その言葉に息を呑む。どくんと奇妙な脈動が聞こえた気がした。

「おばあちゃんは優れた魔法使いだったので、魔法のもたらすトラブル解消をサポートしていました。ここがそのお店です。おばあちゃんが亡くなり、他に継ぐ者もいなかったので、同じく魔法使いであるわたしがあとを継ぎました。わたしは魔法が嫌いなので、お酒でも飲まないとやる気になれないんですけどね」

夜に響く声に、はっとする。今、月城さんは何と言った。

同じく魔法使いである。魔法が嫌い。それが意味するものは。

僕が何かを訊ねるより先に、月城さんは「そろそろ時間です」と言って立ちあがり、店の奥へと歩み出す。慌てて僕は後に続く。

暗い廊下をランプの灯りがほのかに照らす。静寂の足跡が心の表面をくすぐる。長い階段を上り、突き当たりの扉を月城さんが開く。次の瞬間、目にする。そこに在る、荘厳な景色を。

「うわ……すごいな」

思わず感嘆の声を漏らした。

月城さんに連れられた奥の一室——そこにはなんと、まさかの天然プラネタリウムが広がっていたのだ。予想外の光景に息を呑む。

（すごい、星ってこんなに綺麗なのか）

その部屋自体は、こぢんまりとしていた。しかしドーム状の屋根は全面ガラス張りになっており、そのおかげで空がとても近く感じた。壮大な宇宙に見下ろされる部屋では、見上げるだけで心地よい威圧を感じることができ、ランプの灯を消したことで、星々が一層瞬く。

部屋の中には、天体望遠鏡や巨大な星図などの天体グッズが置かれており、積み重なった本をはじめ、整頓されているとは言い難いが、これはこれで趣があった。僕はあまり世界の絶景というものに興味がない性質だが、それでも星明りが照らす幻想的な輝きに、しばらくうっとりした。

意識を現実に戻したのは、月城さんの方から金属音が聞こえたからだ。

見てみるとそれは例の鍵束だった。

「この鍵束ですが、調べたところ、いくつか判明したことがあります」

「そうだ。結局鍵穴はどこにあったんだ」

部屋の厳かさに圧倒されながら問いかける。正直、雰囲気に呑まれていたせいで、鍵束への興味を失くしていた。

だからこそ、月城さんの答えに驚くこととなる。

「鍵穴は見つけました。おそらく鍵穴は、遠野さん。あなたの心の中にあります。どうやらこの鍵は、あなたの〝封印された記憶を解く鍵〟のようです」

「――――は？」

図らずも素っ頓狂な声をあげていた。だって記憶って、え――――は？

呆ける僕の前で、月城さんは無垢な瞳のまま続ける。

「最初に違和感を覚えたのは、あなたのお母さまの話を聞いた時です。小学四年生の時にお亡くなりになり、だけど子供の時のことだから覚えていないと」

「あ、ああ。そうだけど」

「それって変じゃないですか。小学四年生は、そんなに昔ではありません。物心つく前とも言い難いです」

「そうか？　そんなことは」

ない――と言おうとして言い淀む。

確かに。言われてみれば小学四年生は十年ほど前。記憶にないと呼べるほど昔ではない。それに気づいた途端、急激に背中を寒気が襲った。

本当だ。どうして今まで疑問に思わなかったんだ。十歳の頃のことを覚えていないなんて、どう考えても不自然なのに。母さんとの思い出はいくつか覚えているのに、死んだ時のことを覚えていないなんて、ありえないのに。

「実家にお邪魔したのは、遠野さんのお父さまにお話をお伺いしたかったからです。ひとりで行ったのも、もしかしたらお父さまが、あなたに聞かれたくない話をするかもと感じたからです。騙す真似をして悪かったと思っています」

「え、あ、いやそんな」

衝撃の冷めやらぬ中、月城さんがそう告げる。

ただ、今の僕はそれどころではなくて。

「それで何がわかったんだ。父さんは鍵束について何を言っていた？」

「お父さまは鍵束についてはご存知ありませんでした。魔法という存在も知らないようでした。しかし今回の件についてお話ししたところ、こう仰っていました。『息子は不自然なほどに妻のことを覚えていない』と」

その瞬間、目の前がくらりとした。

何だろう。ショックとかじゃない。悲しいとかでもない。ただ、急に自分の中で何かが崩れる音がしたのだ。夜の闇が知らない顔を覗かせた。

「お父さまはこうも仰られていました。『息子が妻のことを覚えていないのは、当時のことがショックだったからだろう。忘れているのなら、それでいいのかもしれない』と。お母さまが亡くなられた時のことはお話しになりませんでしたが、いきなり現れて奇妙な話をするわたしを信じるほどには、あなたのことを心配しておられたようです」

「そう……なのか」

呟きながらも、僕の思考は止まってしまいそうだった。

僕の記憶では、母さんは病気で亡くなった。それだけだ。他はほぼ覚えていない。プリンを一緒に食べたり、夜道を歩いた記憶がうっすら残るのみだ。でも父さんの反応が示すように、理由あって忘れているのだとしたら——なぜ、どうして。疑念が拭えない。

不意に思い出すのは、図書館で読んだ多重人格の本だ。

人は辛すぎる経験をすると、自らの心を守るために、無意識のうちに記憶を封印する。その時に封じた記憶が別の人格となるのが多重人格だ。

多重人格になっているわけではないが、記憶を封印した部分は当てはまっている。その記憶が悪夢と関わっているとしたら、鍵束が意味するものは。

迷う僕を後押しするよう、月城さんは柔らかな声で紡ぐ。

「実は今回の調査においては、この子自身の貢献が大きかったと思います」

「この子？」

訊ねる僕の前で、月城さんは左手に着けていた清楚と評判の手袋を外す。

夜に浮かぶ透き通る肌は、どこか儚かった。

「先ほどお伝えしましたように、わたしは魔法使いです。左手で触れさえすれば、魔法道具を扱うことができる能力を持っています」

「左手……」

唐突に明かされた真実に、またもや声を失う。

それに似たものを知っていたからだ。

「魔法とは不安定なもの。わたしはおばあちゃんのように完璧に使いこなせているわけではありません。それでもこの子——この鍵束は、自らの存在があなたの過去に関わっていることを教えてくれました。それを手掛かりに下調べを終え、なおかつこのタイミングならすべてを解き明かせる自信があります」

そう言い、彼女は夜空を見上げる。満天の星々が織りなす銀の世界を。

「わたしの魔法はわけあって、午前3時33分にのみ、星空が見えてさえいれば完璧にコントロールすることができます。今が午前3時28分。今から五分後にこの鍵束に触れることで、あなたの記憶——おそらくはお母さまとの記憶をすべて解き放つことができるでしょう。そのうえでお訊ねします。本当にすべてを思い出してもよろしいですか。思い出したら最後、二度と忘れることができないかもしれませんよ」

「……っ」

真剣な顔で告げられた台詞。その意味を深く考える。

封印された過去の記憶。それを解き放つことで何が起きるのか。とても想像できない。父さんの話を信じるなら、母さんが亡くなった時、僕は大きな絶望に触れているようだ。当時のことを忘れるくらいの絶望に。

知りたいことはたくさんある。悪夢の正体。鍵束の真実。正直、頭も心も限界だ。ただでさえ未知の世界に触れたばかりなのに、まさか今日、こんな選択を突きつけられるとは。いくら何でもキャパオーバーが過ぎるだろう。

ただ、そんな僕がこの時一番気にしていたのは別のことだった。

「月城さん、ひとつだけ教えて欲しいことがある」

「何でしょう」

午前3時29分。僕は彼女に訊ねる。

「正直、今の話は昼間にしてもよかったんじゃないか。そのうえで僕の選択を聞いてからこの時間に呼び出せばよかったと思う。にもかかわらず、この時間に呼び出してから説明したのには、何だろう、あんたの私情が入っているような気がするんだ。僕に『記憶を解き放ってほしい』と言わせたい、そんな私情が」

綺麗な瞳が見開かれる。図星だったらしい。

「怒っているわけじゃない。むしろ真剣に取り組んでくれて感謝している。だからこそ気になるんだ。どうしてそんな私情を挟んでいるんだ?」

午前3時30分。月城さんは沈黙する。

午前3時31分。観念したのか、言葉を紡ぎ出す。

「そうですね。何ででしょうね。自分でもわかりませんが、たぶん断って欲しくなかったんだと思います。最初にこの鍵束に触れた時、とても強い想いを感じました。どうしても伝えたいことがある。そう嘆いているのが聞こえました。わたしは魔法が嫌いですが、魔法道具のことは嫌いではありません。人の心によって生み出されたこの子たちは、いつも叫んでいます。悪夢の度に現れ、何かを伝えようとしたこの子の想いを叶(かな)えてあげたいのです。それと、もうひとつ」

月城さんは、言い淀む間を挟みながら続ける。

「あなたの部屋にお邪魔した時のことですが」

「あれがどうかしたか」

「あなたは謝ってくださいましたよね。失言をしたのはわたしなのに」

「ああ、まあこっちにも非があったからな」

「他にも、食堂でわたしを守ろうとしてくれました」

「一応、居合わせた身としてはな」

「まあダメでしたけど」

「それは言わないでくれ」

「全然でしたけど」

「リピートするんじゃない」

「それらを踏まえて思ったんです。その、たまにはですよ。たまにはですが、優しい人の力になるのもいいんじゃないかと。そう思ったんです」

「……っ」

驚天動地（きょうてんどうち）とはこのことだ。信じられない。今ならUFOだって信じられるくらいに僕は驚いていた。

何ということか。上目遣いで告げる月城さんは、まさかの赤面をしていた。ほんの少し朱が差しているわけではない。クールな顔のまま、しかし僅かながら恥じらうような表情に変え、夜でもわかるほどに赤くなっていたのだ。それを見て気付く。

正直、信じられない話だが、もしかして彼女——月城さんは、単純に人づきあいが超絶（ちょうぜつ）ド下手なだけで、本当は他人と関わりたいのではないだろうか。

最初に店を訪れた時からやたら喧嘩腰で、僕をからかったり、自らを美人と称していたが、今思えばあれらは月城さんなりのギャグだったのかもしれない。微塵も面白くなくいらつくだけだったが、彼女なりのツッコミ待ちのボケだったとしたら。ジョークだと何度か言っていたのも納得できる。

そう気づいたことで、急に僕は目の前の赤面仏頂面を面白いものだと認識していた。同時に肩の力も抜けた。怖いものなどなくなっていた。

「月城さん」

午前3時32分。彼女に告げる。

「あんたはあれだな。めちゃくちゃ不器用なんだな」

「っ、何の話ですか」

「胸の割に気は小さいというやつか」

「セ、セクハラで訴えますよ」

「ならその前に教えておいてくれ。一体どんな記憶が封じられているのかを」

「……いいのですか」

「ああ。あんたを信じてみようじゃないか」

「そうですか。わかりました」

星々が瞬く。宇宙が煌く。夜の黒い光が眩く輝く。

一瞬、彼女が安堵の息を吐いたように感じた。

「それでは始めます」

心溶ける夜の中、彼女の左手が鍵束に伸びるのが見えた。そして。

「──っ」

視界が真っ白になる。何もない空間。音のない世界。そこに、ガチャリと古く重い音が響く。記憶の扉が開かれてゆく。

午前3時33分。封印された真実が解き放たれる。

白い世界に記憶の波が渦を巻く。走馬灯（そうまとう）なんて見たことはないが、これがいわゆるそれなのだろう。失われた記憶が、脳に、心に蘇る。

──ハルくん。きっといつかあなたも出会えるわ。

（ああ、そうだ。思い出した。僕はあの日）

記憶の渦の出口で、僕は最愛の人に出会う。

「お帰り、ハルくん」

「ただいま、母さん」

それは、とある日の記憶だった。まだ母さんが生きており、左手に変な呪いも現れていない頃の思い出。小学校から帰った僕が、靴を脱いだその足で母さんの部屋を訪れている。ベッドの上の母さんは優しく微笑（ほほえ）み、僕も顔を明るくする。傍らの台の上には錠剤が大量に置かれていた。

母さんは身体の弱い人だった。先天性の病気により、入退院を繰り返しては、家にいる時もほとんどベッドの上だった。一緒に出かけたことなんて数えるほどしかない。それでも心まで不健康だったかというと、そんなことはなかった。

「ハルくんごめんね……今日はちょっと体調が悪いの」

「え——そうなの」

「うん……でも、ハルくんがプリンを持ってきてくれたら治ると思うの」

「プリンだね。わかった！」

「あと、洗濯物も取りこんでくれたら元気になると思うわ」

「洗濯物だね。わかった」

「それからお夕飯の支度と、見たいドラマの録画予約と、ええと他には」

「……母さん」

「とにかくたくさん！　たくさんしてくれたら、母さん元気になると思うわ」

「もう既に元気に見えるんだけど」

「そんなことないわ。今の母さんは戦闘力でいうと53万よ。まだまだ最終形態とは言い難いわ」

「元気のない人はその日の調子をフリーザ第一形態で表現しないと思うんだ」

母さんのことが大好きだった。お茶目な母さんが笑うだけで、幸せな気分になれた。母さんのすてきなところは、それだけではなかった。

別の日の記憶だ。

「ふふふ、ハルくん。また喧嘩しちゃったの？」

「だって」

僕が学校で派手に喧嘩をした日のことだった。

思い出した。小学生だった当時の僕は、よく揉め事を起こしていたんだ。原因は大体、クラスの悪ガキと揉めるせいだ。この日は確か、気の弱い男の子をクラスメートがよってたかって、からかっているのが気に入らなかったんだ。その性格のせいでおかげでまともに友達もいなかった。父さんからも担任の先生からも、もう少し周りに合わせる努力をしなさいといつも言われていた。

でも、母さんは違った。

「嫌いなんだ。いじめをしたり、ルールを破る連中が。そいつらのせいで迷惑している人がたくさんいる。僕はそれを良しとは思えないし、そんな奴らと仲良くするくらいなら、ひとりでいい」

僕がそういう考えを持っていたのは、ああ、思い出した。そうだ。母さんに付き添った病院で、嫌なものを見たからだ。

大したこともないのに、ちょっと身体がだるいからと救急車を呼び、待ち時間が長いと待合室で叫び回り、お年寄りを押しのけては椅子にふんぞり返っていた中年の男。そういう奴らを何度か見かけて以来、僕は正義を志すようになったんだ。母さん自身も具合が悪いのに、待合室で不安そうにしている子供がいれば、笑顔で寄り添う。そんな母さんを見て以来、僕は弱者の味方でいようと決めたんだ。たとえ孤独になったとしても。

僕の悔しさを唯一理解してくれたのは、母さんだった。

「うん、いいわよ。ハルくんはどうかそのままでいて」

「いいの？　でも先生は友達を作らなきゃダメって……」

「いいのよ。だってハルくんのそれは優しさだもの。あなたの正義は弱い人を守ろうとする優しさよ。きっとハルくんの優しさに救われる人がいるだろうから、どうかそのままでいてあげて」

他の誰に肯定されなくとも、母さんがそう言ってくれるだけで戦えた。ひとりでも、ちっとも寂しくなかった。

大好きだった。本当に母さんが大好きだった。身体が弱いけれど、母さんはずっと側にいてくれると信じていた。あの日までは。

「遠野くん。今、病院から連絡があって」

「え――」

それが起きたのは僕が小学四年生の時のことだ。

その日、母さんは登校する僕にエールを送るよう、窓から身を乗り出しながら手を振ってくれた。たぶん、この間の喧嘩が原因で、嫌々登校している僕を励ましてくれていたんだと思う。大げさで恥ずかしくて、学校に行くのがさらに憂鬱になった僕は手を振る母さんに応えず、学校に向かった。その日の午後に、担任の先生よりそう言われたのだ。病院に着いた僕は、こと切れる瞬間の母さんの手を握った。涙も出なかった。

お通夜の準備をしながら、涙する父さんから聞いた。人の最期は、何でもない日に突然やってくると知った。

突然だったと。まさか急に症状が悪化するとは予想できなかったと。でも、結婚した時から覚悟はできていたと。とても覚悟ができていたとは思えない量の涙を零しながら父さんは言った。僕は父さんに何も言えなかった。そしてさらに、衝撃的なことを耳にしてしまう。

それを話していたのは、確か母方の祖父だったと思う。たまたま大人たちが話していたのを立ち聞きしてしまったのだ。

母さんは時折、闘病が辛いと泣いていたそうだ。どうして自分の人生はこんなに苦しいのかと嘆いた日もあったそうだ。だから、これで楽になれたはずだと祖父は泣きながら言っていた。それを聞いた僕は、世界が真っ暗になったように感じた。知らなかったのだ。母さんにそんな弱さがあったことを。僕は、知ってはいけない真実を知ってしまった。

急激に不安になった。僕は一体、母さんに何をしたのかと。

友達はおらず、学校では喧嘩ばかり。いつも甘えて心配をかけ続ける。僕はもしかして、理想の子供とは程遠い存在だったのではないか。笑顔の裏で、本当は母さんに疎まれていたのではないか。不安と恐怖は、いとも簡単に僕の心を壊した。

調子が悪いから今日はお話しできないと言われたあの日。あれは、僕のことを煩わしく思っていたからではないか。体調が優れないから一緒にご飯を食べられないと言われたあの日。あれは、本当は僕の顔を見たくなかったからではないか。苦しむ心は、小さな積み重ねをすべて悪い方に想像してしまう。

母さんとの最後の思い出は、手を振ってくれた、あの姿だ。

僕は母さんを無視した。手を振り返すのが恥ずかしくて、何もせず背を向けて歩き出した。何で、僕は、あの時。淀む心は闇に染まる。本当に、人の心はなんて脆いのだろう。

もしかしたらあれがきっかけだったのではないか。手を振り返さない僕に失望して、それが引き金になって体調が悪化し、僕を呪いながら死んだのでは。弱い心は幼い僕を責めて責めて責め尽くした。

葬式も終わったある日、ふと何かに触れた。その時――そうだ。あの時だ。偶然触れた何かが、突如、鍵束の形に姿を変えたのだ。強い想いが魔法道具を生んだのだ。それを境に僕は。

「ハル。母さんの遺品を整理しようと思うんだけど――ハル？」

「父さん」

父さんの、魂の抜けたような顔をようやく思い出す。

「母さんって、どんな人だっけ？」

白い闇に塗（ぬ）れた夢は、ここで終わった。

「は――っ」

どれくらいの時が流れたのか。記憶の世界より戻った僕は、大きく息を吐く。辺りを見渡す。そこは夜の見下ろす、宇宙を閉じこめたような例の部屋。すぐ側には月城さんの姿もあり、その切なそうな表情を見るに、どうやら彼女にも同じ記憶が視（み）えていたようだ。

「謎は解けましたね」

「……ああ」

彼女の差し出す鍵束を受け取り、呟く。

「この鍵束は、僕の心が生んだ魔法道具のようだ」

その台詞に月城さんは頷く。

人の心に強い想いが生まれた時、魔法が生まれる。そしてその人が何かに触れることで、それが魔法道具となる。

この鍵束は何なのだと思っていたけれど、何てことはない。どうやらこれは、僕の悲しみを封印するために、僕自身が生み出した魔法道具だったようだ。想定していなかった事実に、呆然とするしかなかった。

何を言えばいいのかわからない僕を前に、月城さんは語り出す。

その声は孤独の闇によく馴染んだ。

「魔法とは心が無意識に生み出すもの。魔法道具も同じく、人知れず生まれるものです。遠野さんは無意識下にてこれを生み出すことにより、自分の心を守っていたようですね。母を失い、自らを責め続けた心が壊れないよう、記憶に鍵をかける形で」

「そう……だな」

虚ろな声しか出てこない。それほどに僕は憔悴していた。

母さんのことを思い出せたのはよかった。失われたままよりは、思い出せた方がいいに決まっている。だけど、とても素直にそう思える状況ではなかった。

（本当にこれでよかったのか）

正直、この結果をどう受け止めればいいのかわからなくなっていた。はっきり言って、思い出せた記憶はすてきなものとは程遠かった。あんなに優しかった母さんに何もしてあげられなかった事実が、僕を責め立てる。

手を振る母さんに応えなかった後悔。僕の知らないところで泣いていた母さんの真実。本当にこれらは思い出してよかった記憶なのか。もう二度と忘れることができない記憶。もしかしたら思い出さない方がよかったのではないか。

暗く深い、無限の宇宙がざわめく神秘の夜。

星々の瞬きのように月城さんは囁く。

「遠野さん。これはわたしの推測に過ぎませんが、この魔法道具はあなたに真実を伝えたかったのではないかと思います」

「え？」

温度のない、いつものクールな無表情で。

それでもどこか声音は穏やかに、彼女は暗い夜に光を灯す。

「今の記憶を視たところ、この鍵束を作り出したのは遠野さんの心に違いありません。ですが、だからといってこの鍵束に宿っているのがあなたの心だけかというと、それはまた別の話なのです」

「どういうことだ？」

訝しむ僕に彼女は続ける。

「魔法道具には意思があるといわれています。というより、この世界に存在するすべてのものには微かな意思が元々宿っているのです。それが魔法道具になることによって自我となり、この子たちなりの心を持つようになるのです。あなたに悪夢を見せ、何度も何度も枕元に現れたのは、この子なりに伝えたい想いがあったからではないでしょうか。あなたにどうしても思い出して欲しいという想いが」

「想い……」

「もしかして自分はお母さまに嫌われていたのではないか。手を振り返さなかったことで心から失望されたのではないか。それらの不安と恐怖が、幼いあなたを苦しめたようですね。それに対して、この子は叫んでいたのでしょう。違うと。そんなことはないと」

沈黙する僕を見据え、さらに月城さんは語る。

「あなたの心に影響を受けたことで鍵束の形となっていますが、元々は別の形をしていたはずです。その時からこの子は、あなたのことを、そしてあなたのお母さまのことをよく知っていたのでしょう。手を触れるということは、心を寄り添わせるということです。優しいこの子は、悪夢を見せてでも伝えたかったんだと思います。あなたのお母さまは、決して息子を憎んでなどいなかったと」

言い終えた月城さんは、僕が手にしていた鍵束に左手でそっと触れる。

次の瞬間。

「あ――」

最後の記憶の鍵が開く。同時に、鍵束は本来の姿を取り戻す。

僕の記憶の中にある、懐かしいその姿に。

「これは……」

「この絵本は知っていたのでしょう。あなたのお母さまに何度も触れられたことで、どれだけの愛情があったのかを。だからこそ、あなたが母の愛を疑ってしまったことを誰より嘆いたのかもしれません。それこそ辛い過去を知ることになったとしても思い出して欲しいと願うほどに、母の愛は深く、美しいものだったのです」

僕の手にあるそれは、もう鍵束の形をしていなかった。幼い頃、母さんが読んでくれた絵本『魔女のパン屋さん』の形に戻っていた。そうだ。僕がこの絵本を知っているのは、母さんが何度も読み聞かせてくれたからだ。失われた記憶が蘇る。夏祭りの帰りに、夜道を一緒に歩いた記憶が描かれる。

ハルくん。きっといつかあなたも出会えるわ。

出会える？　誰に？

あなたのことを理解してくれる人。あなたを必要としてくれる人によ。

いるのかな。そんな人。

きっといるわ。ハルくんの優しさを必要とする人が、きっと。

ふうん。そうだといいけど。

ただね、ハルくん。誰かをたすけるには寄り添うだけじゃだめなの。ハルくん自身も、心を開く勇気を持たなきゃだめなのよ。

どういうこと？

絵本の男の子のように、自分から心を開いていくの。そうすればきっと絵本の女の子のように、心で応えてくれるわ。それが、本当の意味で誰かをたすけるということなの。

本当の意味……。

たすけて、たすけられて、そうすることで幸せの輪が広がるの。手を差しのべることは、心を差しのべることなの。それを覚えていて。

僕にできるかな。自信がないよ。

大丈夫。母さんが見守っていてあげるから。何があっても、絶対に見守っているわ。たとえお星さまになっても、絶対――。

「……母さん」

思い出す。絵本に宿る確かな愛を。

思い出す。絵本に眠る確かな温もりを。

この絵本に触れると心が温まるのは、きっと、母さんに読んでもらったことを思い出すから。一緒に寝転び、読み聞かせてもらった記憶を心が覚えているから。

ああ、僕はなんて馬鹿なんだ。どうして疑ったりしたんだ。どんなに辛くても悲しくても、決してその姿を見せまいとするほどに僕を愛してくれたのに。なのに僕は。

思い出す。遠い過去を、記憶を。

もう戻らない日々に心が焦がれる。

「いいですよ」

雲に隠れた半月の下で、月城さんが囁いた。

「泣いてもいいですよ。わたしは少し席を外しますので」

「……馬鹿を言うな。僕が泣くわけないだろう。これでも男だぞ」

「そうですか」

「ああ、だからそこにいればいい。いつものすまし顔でそこにいればいいさ。僕が人前で泣くなんてありえないからな」

「ええ。大丈夫ですよ。どこにも行きませんから」

「それでいい。それで……それで――っ」

見えなくなった月に代わり、彼女は僕の側に心を置く。淡く、青く、それでいてどこか安らぐ、そんな灯を。

「くそ……くそう。何で、僕は」

宇宙がざわめき、星々が笑う神秘の夜に、ひたすら透明の心を流した。


そうして、どれくらい経った頃だろうか。気づけば空も白み始めていたので、僕は一度家に帰ることにした。

月城さんは何も言わず送り出してくれた。その気遣いに甘えて僕も何も言わず店を後にし、自宅へ戻り横になる。既に朝と呼んでいい時間帯だった。それを認識したからか、あれだけさえていた脳に、急激に眠気がやってきた。

まどろみと戦うことなく眠りに就いた僕は、昼過ぎに目覚めた。いつになくすっきりとした起床だった。そのまま身体を起こすことなく思考を巡らせる。

何を、というわけではない。何となく色んなことをぼんやり考えてみた。とにかく色んなことがありすぎたからだ。

魔法のこと。鍵束のこと。母さんのこと。

左手をじっと見つめる。呪いについて、考える。

受け入れるにはあまりに唐突すぎて。でも、不思議と心はざわついていなくて。涙にはストレス発散の効果があると聞くが、そういうことなのだろうか。星々に見守られながら流した涙は、僕に遠い過去の記憶をすんなり受け入れさせてくれていた。

そして同時に、もうひとつ——僕を見守ってくれた存在について思いを馳せる。無愛想でわがままで変としか言いようのない、だけど暗闇の中で導いてくれた灯のことを。小さな微かな星明りのことを。

「……行くか」

ぼんやりと時間を過ごし、冷蔵庫の中にあるもので適当に食事を済ませ、気づけば夜の九時。女性の家を訪れるには不適切な時間と思うも、今に限ってはこの時間が適切であるように思えた。僕は再び自転車を漕ぎ、夜の街をすいすいと泳ぐ。

辿り着いたアンティークショップの外観は今夜も眠っているようで、どこか目覚めてもいるようで。不思議な感覚に包まれながら扉を開く。予想通り、店の主（あるじ）はカウンターにて本を広げていた。手元のランプだけがゆらゆら灯る温かい闇の中、僕は何を告げることなく、目の前の椅子に腰かける。

「どうぞ」

目の前を漂う湯気が、僕たちの意識を繋ぐ。月城さんが紅茶を淹れてくれたのだ。「どうも」と返し、素直にいただく。舌先に触れる紅茶は熱く、渇いた何かを潤してくれた。小さな吐息が僕を落ち着かせる。

夜の高揚が勇気をくれる。

「なあ月城さん。あれから色々考えてみたんだけど」

気づけば自然と訊ねていた。

「あんたはどうして魔法が嫌いなんだ」

「……」

彼女は沈黙する。僕はじっと答えを待つ。

月城さんは魔法が嫌いと言っていた。だけど今の僕は同意できなかった。魔法はすてきだ。心からそう思える。母さんとの思い出の詰まった絵本は鍵束となり、壊れそうな心を守ってくれた。そして今になり、真実を伝えんと必死に叫んでくれた。素直に感謝している。なのにどうして。

沈黙が蔓延る。僕は待ち続ける。紅茶の湯気がゆらゆらと揺れる。

観念したのだろう。月城さんは「大した理由ではありませんよ」と呟き、何でもないことのように語り出した。

「昨日お見せしたわたしの魔法ですが、厳密には『左手で触れた対象の心を視る力』となっています。ようは、相手の心を読み取ることができるんです。魔法道具を使用できるのは、魔法道具自体が心によって生まれるので、その応用で使用できているにすぎません。いつからかもなぜなのかもわかりませんが、物心ついた時にはこの力が使用できました」

そして。

そう言葉を繋ぎ、月城さんは氷の声で紡ぐ。

「この魔法は、わたしを〝呪いの子〟と呼ばせることになるのです」

陰鬱な響きに、身体が冷たくなるのを感じた。

僕は初めて、彼女の苦しみを知る。

「わたしには両親というものがいませんでした。蒸発したような話を小さい頃に聞かされましたが、そこには興味がありません。重要なのはわたしが親戚や施設を転々とする中で、不幸を呼ぶ子供と呼ばれ続けてきたことです。まあ当然なんです。人の心を覗く力がトラブルにならないわけがないのですから。思いがけず知った叔母の悩みを口にすれば気味悪がられ、ふと知った友人の苦しみを声に出せば不審の目を向けられ。気づかないふりをしていればいいものを、当時のわたしは暴いてはいけない嘘があることを知らず、お節介を焼く度にトラブルを起こし、その場を不幸で包みました。孤独になるのは当たり前です」

自虐するような、そんな台詞。でも僕には、寂しさが混じっていることが容易に見抜けた。善意が必ず評価されるわけではないと知っていたからだ。

「それ以来でしょうね。わたしは人づきあいを避けるようになりました。うっかり触れて、人の醜い本性を知るのも嫌でしたしね。ですが十歳の時に、わたしの魔法の力を知り、そのうえで迎え入れてくれた祖母――血の繋がりはないのですが――は、それをよくないと考えたのか、この店の手伝いをするよう提案しました。魔法に携わることで、魔法との向き合い方を見つけるべきだと言って。でも効果はありませんでした。五～六年ほど二人で暮らしましたが、自分の魔法を好きになることはなく、祖母が亡くなった時にも、辛さだけが残りました。店を継いでしばらく経ちましたが、未だにこの魔法が好きになれません。事件解決には役立ちますが、どうしたって調査の過程で触れられたくない過去を呼び覚ますことが多く、最後には忌み嫌われて終わります。これまでずっとそうでしたから」

「……」

淡々と告げる彼女を前に押し黙る。嫌われる理由がわからないでもないからだ。

僕も昨日、こんな記憶なら思い出さない方がよかったのではと一瞬思った。たまたま救いを得られたが、他の人がそうではないとしたら。彼女が魔法を忌み嫌うのは仕方のないことかもしれない。

だが、それでも納得のいかないことがあった。

「なるほど。それでいつも手袋をして魔法が発動しないようにして、わざと無愛想に振る舞い、嫌われることを良しとするわけか」

「ええ。最初から孤独でいた方が気楽に過ごせますから」

「ただ、その割に未練が見え隠れしている印象だな。本当に一人でいたいのか」

「それは」

「私情を挟んででも僕をたすけようとした姿が、あんたの本性だろう」

「…………」

長めの沈黙に、夜の息遣いが重なる。暗闇の中、自分の脈動が内側に響く。

観念したのか、肩を大きくすくめ、月城さんは零す。

「まあそうですね。仰る通り、本音では孤独でいることを受け入れていないのでしょう。本当は受け入れて欲しくて、だけど魔法のせいで叶わず。元々口下手で人見知りな性格でしたから、ふとした瞬間に誰かの力になろうと願っても、うまくコミュニケーションが取れなくて。失敗する度に『孤独の方がいいから』と強がりながら、夜になると後悔する。そんな毎日を過ごしているのです」

「ふっ。確かに口下手なんてレベルではないな。卑弥呼ネタは封印しておくことだ。あれは厭味にしか聞こえない」

「……わたしの中では会心のネタだったんです」

すねた表情に暗闇でもわかる朱が差す。それを見て、年相応に感情豊かな面もあると知る。もう苦手意識はなくなっていた。だからだろうか。

「とにかく、そういった理由でわたしは魔法を好きにはなれないのです。今はまだ無理ですが、いずれ孤独を受け入れられる日が来るでしょう。なのであなたも、もうこの店には近づかないでください。わたしを嫌いになるだけですから」

「なぜ決めつける。そんなのわからないだろう」

「わかります。ずっと、みんな、そうでしたから」

(はあ……やれやれ。随分とこじらせているんだな)

彼女の頑なな姿勢を前にしても、僕はある程度の余裕を保つことができていた。心を読んでしまう魔法。そのうえ口下手で難を抱えた性格。なるほど。中々に生き辛そうだ。孤独になるのも納得だな。だが、それでもやっぱり僕は彼女を嫌いにはなれなかった。だってそうだろう。どれだけ愛想が悪かろうと口下手だろうと、彼女は私情を挟んででも、僕をたすけようとしてくれたのだから。

「月城さん」

自然と、こう言っていた。

「あんたの言いたいことは大体わかった。それでも僕は、月城さんを嫌いになることはないと思う」

「なります。心を覗かれ続ければきっとそうなります」

「ならないんだな、それが。僕がその魔法を疎ましく思うことは絶対にない」

「そう思うのは最初だけです。どうしてないと言い切れるのですか」

「教えてやろう。これが答えだ」

「――え？」

歩み寄り、月城さんの右手に自分の左手を一瞬だけ触れさせる。今ので伝わっただろう。その証拠に、月城さんが初めて見せる驚愕の表情をしている。その顔に満足した僕は、種明かしをする。

「いきなりだが、僕の左手には自分の考えを強制的に伝えてしまう力がある。だから、あんたの魔法があろうがなかろうが、僕にとっては関係ないのさ」

「な――っ」

さすがの月城さんも動揺しているようだ。普段はクールな瞳が、見たことがないほどに見開かれている。僕は順を追って説明する。

あんたと同じでいつからかはわからないし、何でかもわからない。だけどこの左手には確かにそんな力が宿っており、そのせいで苦労してきたこと。そのうえで、さらに語る。

「だが、魔法の存在を知り、記憶も取り戻せた今ならわかる。この力はおそらく母さんによって、僕自身のために授けられた魔法だと思うんだ」

「ど、どういうことですか」

驚きっぱなしの彼女に、憶測（おくそく）だがと前置きして続ける。

残念ながら、いつ、どのタイミングで魔法を得たのかは本当にわからない。おそらく病院で、最後の瞬間に母さんと手を握った時だとは思うが、それを調べるのは難しいだろう。だが、母さんが亡くなった前後であることは間違いなさそうだ。取り戻した記憶の中で、幼い僕が左手について悩む素振りは見せなかったのだから。

「それに何より、この魔法は母さんの教えとすごく一致しているんだ」

「教え……」

呟く月城さんに頷く。

母さんは言っていた。誰かをたすけるには、寄り添うだけではだめだと。自分から心を開く勇気が必要だと。そうすることで心が繋がると。今ならわかる。この魔法はまさにその教えを体現している。左手のせいで苦しんだのは事実だが、今思えば元々喧嘩ばかりで友達のいない人生だった。そんな人生の救済を願って与えられた魔法とも解釈できるんだ。

さらに気づいたことはもうひとつある。

「魔法道具には意思があると言っていたな。僕は、今まで姿を消していた鍵束がこのタイミングで現れたことに、すごく意味を感じる。具体的に言うと、僕に記憶を取り戻させ、なおかつ魔法について教えてくれるあんたと出会わせるために現れたと思うんだ」

「……っ」

僕はずっとこの呪いについて悩んでいた。だけどそれが昨日ひと晩で、嘘のように片付いた。すべてを消化したとはまだ言えないかもしれないが、それでも、もう後ろ向きに苦しむことはないだろう。むしろ今はもっと知りたいくらいだ。母さんが残したであろう魔法のことを。そして、すべてを導(みちび)いてくれた月城さんのことも。

だから僕は――。

「まあそういうわけだから、とりあえずもう少しあんたの側にいさせてくれということを、今日は言いに来たんだ」

「え――は？」

いきなりのその宣言。本当に自分でもいきなりだと思う台詞に、さすがの月城さんも上ずった声をあげた。でも構わず続けてやった。

「月城さん。僕はあんたの近くにいたい。そして、あんたのことをもっと知りたい。今日はそれを伝えに来たんだよ」

「え、な……何を急に」

顔が火照ってきたのが自分でもわかったが、それでも続けてやった。

魔法について知りたいこと。自分の魔法が何のためにあるのかをもっと正しく知りたいこと。そしてそれらは他でもない月城さん——あんたから学びたいということ。そんな思いを伝える。

なぜか、なんて自分でもわからない。正直、無愛想でわがままで面倒な女という印象は変わらない。だけど、昨晩月城さんに救われた時、彼女にすごく眩しいものを感じたんだ。あの時に、もっとあんたのことを知りたいと感じたのは事実なんだ。そして今聞いた、彼女が魔法を嫌う理由。それを知ってしまった以上、やはりこれでさよならというわけにはいかない。

魔法について知りたい。

月城さんについても、もっと知りたい。そのうえで、本当に魔法が忌むべきものなのかの答えを出したい。欲を言えば、あんたの心がどうあるべきなのかも見てみたい。そう願うんだ。

だから僕は、この出会いを終わらせたくないと望む。昨日までとは少し違う関係になりたいんだ。幸い左手のおかげで、僕が彼女の魔法を嫌うことはありえないしな。

「…………」

「…………っ」

正直、中々に恥ずかしいことを言っていると自覚していた。あなたのことをもっと知りたいなんて、日常的に使う言葉ではないからだ。気づけば月城さんも中々に赤く染まった顔をしており、互いに沈黙をぶつけ合っていた。

しばらくした頃、おそるおそるといった具合に、彼女は言葉を縋(すが)らせる。

「それは……その、つまり、ええとですね。わたしと——遠野さんは、わたしと、ど、どういう関係になりたいということなのでしょうか」

言葉を詰まらせながら彼女は呟く。その質問はできればしないで欲しかった。それを説明するにはすさまじく強大な勇気を必要とするからだ。だが、問われた以上仕方がない。どうにかこうにか応えんとする。

「まあ、その」

「その？」

「何だ。とも、あの」

「とも?」

「いや、そうじゃなくて、僕は」

「僕は?」

「何と言うか。ええと、あれだ。何を訊かれているんだっけか」

「わたしとどういう関係になりたいかです」

「わかってるさ。それは、その、漢字では二文字で、平仮名では四文字の」

「…………」

「と、とも——その、ええと」

はあー。

どでかいため息が、暗闇の中より聞こえてくる。闇の中でも、瞳のじっとり具合がよく見てとれた。もう、クールなだけの月城さんはいなくなっていた。

「遠野さん」

「何だ」

「ヘタレ」

「うぐ!」

「ぼっち」

「ぐう……」

「本当に見た目通り、根性のない人ですね」

「ぐぐ」

「今は彼女がいない人」

「い、いいだろべつに、それは」

「ずっと彼女がいない人」

「それは忘れてくれ」

「出会い頭に女性を陰から見つめていたと宣言するマン」

「それも忘れてくれ！」

「童貞」

「ど、童貞の何が悪い。むしろ健全な」

「包茎」

「おいやめろ！　女性がそういうことを口にするんじゃ――」

「矮小」

「なあ、酔ってるのか？　実は酔ってるんだろ？」

「ちらちらとわたしの胸を見ているのがバレてないとでもお思いですか？」

「酔ってるんだな！　酔ってるな！　よし、一旦ここまでにしよう！」

何というか大変状況がまずいというか、このままでは今度こそ警察を呼ばれててしまいそうなので、僕は強制的に場を終了させることとした。全血液が集中したのではと思うほどに顔は熱く、ふと見た月城さんの顔も、負けず劣らずの充血具合だった。彼女なりに何かを期待し、頑張ったのかもしれない。

というわけで、散々しんみりした時間を過ごしたものの、最後はどっちらけというか、よくわからないままに会話は強制終了。頭を冷やすために表に出て、深呼吸を繰り返す。

そうして心を落ち着け、しばらく経った頃。意を決した僕は——。

「これでいいのか？　というか、随分古臭いデザインのエプロンだな」

「あなたのヘタレ具合によくお似合いです」

「関係ないだろ。結構根に持つタイプだな、あんた」

店内に戻った僕は、月城さんにある提案をした。僕たちの関係を今までのものとは違うものにして、なおかつ恥ずかしさを感じなくても済む提案を。その結果、晴れてこのエプロンをいただくに至った。

「それでは本日より遠野さん。あなたをご希望通り、アルバイトとして採用いたします。よろしくお願いします」

「ああ、よろしく。店長」

気恥ずかしいながらも、エプロンを装備して軽く会釈した。向こうも目を合わせてくれない。クールな無表情に、ほんの少し別の感情が見てとれる。それが何かは深読みしないでおこう。時給だけは後々交渉しようと思っているが。

「で、僕は何をすればいいんだ」

「今日はもう遅いので明日からですが、床の掃除でもお願いします。大好物だからと言って、舐めて綺麗にするのはダメですからね」

「そのネタ気に入ってるのか？　僕にそんな趣味はないからな」

　この店に初めて来た時と似たようなやりとりをする。だけど、以前に比べてほんの少しだが彼女の声に雪解けを感じる。果たして気のせいだろうか。

　ふと、窓の外の星空を見上げる。ちかちかと瞬くそれらは、祝福を送ってくれているようだった。そして思う。友達も恋人もいなかった僕に、こんな形で奇妙な隣人ができるとは。

　何だか可笑しく感じ、思わず小声で呟く。

「頑張るよ、母さん。月城さんと一緒に」

「？　何か言いましたか」

「いや、何も」

「わたしと一緒に何を頑張るとお母さまに言ったのですか」

「いいことを教えてやろう。友達が欲しければこういう時は聞こえないふりをすることをおすすめする」

クールな無表情で、相も変わらず挑発なのかボケなのかわからない発言をする月城さんに赤面しながらそう告げ、彼女が広げていた本を見て少し驚く。よく見ればそれは絵本だった。本当に魔女というのは世話の焼ける存在だ。

夜空の下で長い息を吐きながら、これからの日々に思いを馳せる。

こうして僕と月城さんの、魔法道具店での奇妙な物語が始まった。

第二話

呪いの樹

小学生の頃、道徳の授業で「友達の名前を書きましょう」というプリントを配られたことがある。

確かそんなに深い意味があるものではなかったと思う。最近嬉しかったことを書きましょうとか、もう一度行ってみたい場所を書きましょうとか、いかにも小学生向けの質問群の中に、それは紛れていたのだ。

クラスのおとなしめの子がからかわれていた。その子はクラスメートの名前をほとんど書いていたのだが、それを見たやんちゃ少年が「え、俺たちって友達だったの⁉」と騒ぎ始めたのだ。おとなしめな子は顔を真っ赤にしてもじもじしていた。クラスメートはみんな笑っていた。

微笑ましい話だと今になって思う。おとなしめの子はそうやっていじられていたが、何だかんだでクラスに馴染み、よく笑っていたからだ。本当に馴染めていなかったのは、話題にすら上がらない僕のような人間を指すのだから。

まあそんな僕が孤立していたなんて話はどうでもよくて、そのプリントに関して気になったのは、これはすごく残酷な質問ではないかということだった。

たとえばAさんがBさんを友達だと思っていて、だけどBさんはAさんを友達だと思っていなかったとしたら、どうなるのか。Aさんは、Bさんのプリントに自分の名前がないことを嘆くのだろうか。そして、そうなることを事前に予測してしまった場合、Aさんはどうするのか。

自分だけBさんの名前を書いていたら、自分が傷つくことになる。逆にBさんだけがAさんの名前を書いていたとしたら、Bさんが傷つき、それを見た自分も傷つくかもしれない。Bさんを信じ、名前を書くのが一番だが……それはすごく勇気の要る行為ではないだろうか。だったらAさんは、自分だけが傷つく可能性を避けるために、何も書かないのが一番なのか。賑(にぎ)やかなクラスメートを尻目に、そんなことを考えていた。

何とも言えない、少年の頃のちょっとした記憶だった。


大学の授業というものは一年の時は割とびっしり組みこまれているが、二年になると途端にシラバスに大量の空きが出てくるもので、例に漏れず、この日の僕は三限の講義が終わったことで、その日の履修(りしゅう)をすべて完了させていた。

この時点ですることがなくなった僕はいつもならそのまま家に帰るのだが、最近はそうではない。大学を出て、てくてくと歩き、辿(たど)り着くは住宅街の狭間(はざま)にある骨(こっ)董(とう)屋さんだ。扉を開き、今日もいるであろう主(あるじ)に声をかける。

「お疲れ、月城(つきしろ)さん。こんにちは」

「いらっしゃいませ。こんにちは、遠野(とおの)さん」

無機質な鈴の音のような声に、なぜか安堵する。今日も鉄仮面装備の無表情女は、カウンター内の椅子に腰かけ、分厚い本を広げていた。

月城さんとの奇妙な邂逅を経て、一週間ほど経った四月某日。今日も僕は『アンティークショップ　ポラリス』にて、アルバイトに勤しんでいた。

仕事内容は至って平凡だ。床を掃いたり、窓を拭いたり、何の用途に使うのかよくわからない古びた骨董を磨いてみたり、ただそれだけ。客なんてひとりも来る気配がなく、シフトも「来られる日に来てください」というアバウトっぷりであることが暇さに拍車をかけている。だが、そんないい加減を極めたこの店には、まさに裏の顔が存在するのだから驚きだ。

(未だに信じられないな。この世に魔法が存在するなんて)

脳内で呟き、思い出す。先日見た景色は今も忘れない。

宇宙に包まれる夜の下、僕は魔法という神秘を目の当たりにした。

ここ『ポラリス』は普段はただの骨董屋だが、依頼があれば怪奇現象の調査を行い、さらには魔法の力で解決へと導く、中々に摩訶不思議なお店なのだ。

店主の月城さんには不思議な力があり、左手で触れるだけで魔法道具を使用できる魔法使いだ。おかげで僕は失われた記憶を取り戻すことができた。その件については、本当に心から感謝している。

だからという話でもないのだが、それらをきっかけに僕はこの店で働くことを決意した。まあ何と言うか、魔法について、そして月城さんについても知りたいと思ったのが理由である。

ただ、そう思う一方で、大変な職場に来てしまったと早くも感じている。

理由はひとつ。この店の店主であり、魔法使いでもある月城さんが、あまりにもな性格をしているからだ。

「遠野さん。疑問に思うのですが」

「ん、何だ？　月城さん」

暇を持て余していた午後三時頃。ふと月城さんが話しかけてくるので、意識をそちらに向ける。

さらさらの髪に、透き通る肌。長いまつ毛と大きな瞳を主役とした、美しい顔。あまり恋愛に興味のない僕ですら、見ているだけで贅沢な気分になってくるクールな佇まい。だが、その性格には相当な難儀さを抱えており。

「今日、講義中に近くに座っていた女子学生が消しゴムを落としたのです。当然わたしは拾ってあげるのですが、ただ渡すのでは笑いに欠けると思い『失くさないようご注意ください。美人のわたしが触れたことで、無数の男がこの消しゴムを求めるようになり、男漁りが好きなあなたにとって家宝となるでしょうから』と言ったんです。そうしたらすごく嫌そうな顔をされて……。一体何がいけなかったのでしょうか」

「それはきっと月城さんが盛大に喧嘩をふっかけたからだと思う」

脳が死んでいるのかと言いたくなる話を真剣な顔で紡ぐ彼女に、正直に応える。今のやりとりでおわかりかと思うが、月城さんは口下手というか笑いのセンスが壊滅的というか、とにかくコミュニケーション能力が全損欠品修理不可状態であり、常にこうして意図せずドライで厭味な印象を周囲に与えてしまうのだ。何をどう間違えたらその発言で笑いを取れると思ったんだ。

しかもそのくせ、人の意見を聞き入れないのだからたまらない。

「なぜですか。その子は休み時間に合コンの話をしていました。つまり男漁りが好きだという事前データがあったのですよ」

「そんなことはどうでもいい。まず、女性に対して男漁りが好きそうとか言うんじゃない。あと、自分を美人と称するのは控えるんだ」

「どうしてですか。この間見たドラマでも、美人の女子高生が『ま、わたしってば美人だから～』と宣言することで、友人たちを『出たーユミコの自慢！　マジムカつく！』と笑わせていました。あれを応用した笑いだったのですが」

「僕はそのドラマを知らないが、そういうのは既に完成された交遊関係と、人好きのする性格があって許される冗談だ。無愛想な女がほぼ初対面で自らを美人と称し、相手をビッチ扱いする場面とでは天地の差がある」

「う……い、今のはセクハラ発言です。バイト代から差し引いておきます」

「どこが⁉」

「女性を相手にやれやれといった態度を示しました」

「それの何が悪い⁉」

「まるで男性が賢く、女性が愚かであることをアピールするようなリアクションでした。これは日本の法律上、立派なセクハラに該当します」

「日本の法律、男サイドに厳しすぎないか？」

……こんな感じで。

会話センスが絶望的なくせに、人の意見を聞かず、否定されるとすぐ反論する。何とわがままなのか。ため息しか出てこない。

ただ、その一方で少しいじらしい一面も持っており。

「まったく。あんたもうまくいかないとわかっているんだから、変にコミュニケーションを取らなくてもいいじゃないか。どうせ左手のせいで最後は嫌われると言っていたのはあんただぞ」

「そうですが、消しゴムから始まる友情があるかもしれないじゃないですか」

「それなら相手をビッチ扱いするんじゃない。そんなだから友達ができないんだ」

「……べつに友達なんていりません」

「何をすねてるんだ」

「すねてなんていません。これ以上友達を必要としていないだけの話です」

「これ以上も何もひとりもいないだろう」

「………………」

「な、何だ。僕の顔に何かついているのか」

「いえ、べつに。ただ、割と毎日バイトに来てくださるのだなと思って」

「そりゃ、せっかく雇ってもらえたわけだし」

「一緒にいる時間がすごく長くなっていますね」

「まあ必然的にそうなっているな」

「………………」

「な、何なんだ。そんなに見つめて」

「……ふん。いくじなし」

「うぐ」

月城さんは不満そうな顔でそっぽを向く。その頰は明確な赤色に染まっており、僕の額に汗をかかせてくれる。寂しがり屋というか素直じゃないというか、時折彼女はこうして僕を刺激するのだ。大体がいくじなしと呼ばれて終わるのだけど。
といった具合に、僕と月城さんは、よくわからない距離感の日々を過ごしていた。

魔法のことやこの店のことなど、知りたいことはたくさんあった。この一週間お客さんがひとりも来ていないことや、バイト代は支払ってもらえるのか。そもそも僕の時給は本当に三百円なのか。思うこともたくさんあったが、とにかく今はそれらをさておき、胡乱(うろん)な毎日を過ごしていたのだ。

「遠野さん、暇ですから何かして遊びませんか」

「いきなりだな。何をしたいんだ？」

「実はこのサイコロは魔法道具でして、偶数なら幸福を、奇数なら不幸を呼ぶのです。遠野さん、一発投げてみてくださいよ」

「絶対に嫌だ。何でそんなものが普通にあるんだ」

「魔法道具店ですから。ではこちらはいかがですか？　このマフラーは身体に巻き付けるだけで透明人間になれる優(すぐ)れものです。これを使って、以前ナンパしてきた二人組を奴隷(どれい)にするべく秘密を探りに行きましょう」

「綺麗な顔して結構悪どいな！　しかもすごい魔法道具だな……。面白そうだが、それは犯罪の匂いがする。しまっておいてくれ」

「むう」

月城さんと過ごす時間は面倒であったが、不思議と居心地の悪くないものでもあった。なぜだろうか。理由なんてどうでもいいけど。

事件がこの春一番の陽気と共にやってきたのは、四月も終わろうかという頃だった。


「やぁー、おっすおっすどうもどうも。みんな元気ぃ～？」

「？　いらっしゃいませ」

とある土曜日のお昼過ぎ。本日も僕たちは「遠野さん。疲れたので肩を揉んでください」「断る。自分でどうにかしてくれ」「なるほど。女性の身体に触れることで得られる性的興奮が、左手よりわたしに伝わることを危惧しているのですね。これだから男の人は」などと、大変どうでもいいやりとりをしていたのだが。そんな僕たちの前に突如現れたのは、陽気すぎるテンションのひとりの女性だった。店に入り、こちらを見つめる彼女はいきなり叫ぶ。

「うわー、本当に月城さんがいるー。すっごー」

「何だあの女は？　月城さんの知り合いか？」

あまりのハイテンションさに気圧される僕が月城さんに訊ねてみるも、「知りませんよ、あんな騒がしい人」と返される。そのやりとりを見て、件の女性は自己紹介を始める。

「おっとっと、これは失礼。はじめまして。あたしは社会学部の嵐山楓。月城さんと同じ凛風生だよ。よろしくぅ、にゃははは」

棒付きキャンディーを咥えたまま敬礼ポーズをとる彼女は、にこっと笑う。どう見ても僕たちと違う世界の住人を前に、とりあえず全身を眺めてみる。

外見は、まさにイマドキ女子大生といったところだ。春に相応しい軽めのパーカーに、ライトベージュのパンツで整えられた、カジュアルなスタイル。アクティブさが滲み出ており、大体いつ見てもニットとスカートのコンボを崩さない月城さんとは正反対の印象を受ける。髪型も月城さんがロブ気味なのに対し、彼女はさっぱりとしたショートヘアだ。明るい色のピアスからも、快活そうな雰囲気が見てとれる。そして、そのニヤけた表情からは大変性格に難がありそうな空気が醸し出されており、その予感は見事に的中する。

「それで、嵐山さんと言ったか。あんたは月城さんのことを知ってるのか？」

「そりゃ知ってるよ。文学部の月城さんでしょ。美人だけど性格最悪ってことで大学の有名人じゃーん」

「……っ」

（そんなキッパリ言ってやるなよ）

嵐山と名乗るその女はまさに見た目通り、思ったことをズバズバ言ってしまう嵐のような奴だった。僕も大概人づきあいの下手な方だが、ここまであからさまに喧嘩はふっかけないぞ。悪気はないいんだろうが、当然、月城さんはあからさまに不機嫌になる。

「それで嵐山さん。美人で性格が悪くて美人で美人なわたしに何の用ですか」

「お、自分で美人って言っちゃうんだ。やるねー」

「わたしの顔が美しいのは事実ですので。あなたが嫉妬するのは当然です」

「言うねぇ。自惚れですね。んーでもあたしも結構顔には自信あるんだけどなぁ」

「ふっふっふ、噂通りの性悪さだね。顔はよくても気品と高貴さが足りておりません」

「ふっふっふ、噂通りの性悪さだね。じゃあそこの男子にジャッジしてもらおうよ。あたしと月城さんの、どっちが美人か」

「は？　僕？」

「うん、キミ。率直にあたしと月城さんのどっちがタイプ？」

「いや、そんなこと言われても――」

「遠野さん。わかっていますね。何と応えるべきか」

「遠野くんっていうの？　選んでくれたらデートしてあげよっかなぁ」

「遠野さん」

「遠野くーん」

「やめろ。どちらが美人かなんてくだらない。喧嘩なら他所でやってくれ」

手を振り、迫る二人から逃れんとする。勘弁してくれ。女の意地の張り合いなんて、この世で最も面倒なもののひとつだ。どっちを選んでも角が立つし、どっちも選ばなければ根性なしとか言われるんだ。そしてどっちも選べば「女なら誰でもいいんだ」とか言われる悪魔のチャート式。何て世の中は不公平なのか。

僕の予想通り、がっかりした様子の二人は「はあー。意気地がないねぇ。これだから最近の男は」と嵐山さんが言えば、「そうですね。まあ冷静に考えれば遠野さんに選ばれたところでカブトムシに選ばれたのと大差ないんですけどね」と月城さんが乗っかる。喧嘩していたくせに男を共通の敵にすることで一致団結するのはやめろ。というか、この女はいい加減何しに来たんだ。冷やかしならお断りだぞ。

「やーごめんごめん。噂の月城さんを見てテンション上がっちゃって。ちょっとした戯れだから許してよ。んでさ、用なんだけど、怪奇現象を解決してくれるって噂を聞いたから来たんだよ。あれホントなの？　甘い夜をって言えばミステリーハンターが出てくるってやつ」

「え――」

嵐山さんの台詞に、僕は声を失う。

もちろん甘い夜をのくだりはガセだ。誰が広めたのか知らないが、僕が身をもって証明している。今思えば何であんな噂を信じてしまったのか。

だが、怪奇現象の方は紛れもない真実だ。そして、それを目当てに現れたということは、つまり。

月城さんを見やる。彼女も状況を理解したのか、嵐山さんを見つめている。

纏う空気が真剣なそれに変わる。

「仰るように、ここは怪奇現象の調査、解決を承っております。悩み事があるのでしたら、店主の月城環がお受けしますが」

「おおー、マジだったんだ。しかも店主ってすごいね。うん、実はちょっと悩み事があってさ」

陽気さをそのままに、僅かに躊躇う間を挟みながら嵐山さんは続ける。

「月城さんはさぁ――〝呪いの樹〟とか信じちゃったりする?」

提げていたナイロン袋より嵐山さんが取り出したのは、両手で抱えられる程度の手ごろなサイズの盆栽だった。

「いきなりだけど、うちのじーちゃん超気難しくってさー。ぶっちゃけ家族全員からすんげー嫌われてたの。だって酷いんだよ？　普段は全然笑わないカタブツなのに、お父さんがスリに遭ったり、お母さんが突き指した時だけ、嬉しそうに笑うんだから。そんな憎まれジジイだったけど、半年前に亡くなったんだ」

　故人の話とは思えないくらいあっけらかんと嵐山さんは続ける。

「で、ばーちゃんが遺品整理しようって言いだしたの。お母さんはじーちゃんと血が繋がってるけど、めっちゃ仲悪かったからさ。最低限の物だけ残せばいいって言うの。んだからあたしがフリマアプリで売りまくろうと思って色々貰ったんだけど、その中に厄介なものがあってね」

「フリマアプリって……まあいい。この盆栽が厄介なのか？」

「うん。じーちゃんは昔、盆栽が趣味だったんだ。だけどこのツバキを手に入れるために、それらを全部売り払っちゃったの。それだけじゃ足りなくてすんげー借金までしてたから、当時めっちゃ揉めたの覚えてるよ。死ぬ間際も絶対捨てるな的なことを言ってたんだって。だからまあこれだけでも側に置いてやるかと思ったんだけど、しかしそれが悲劇の始まりだったのだ……」

　なぜかホラー口調になりながら、嵐山さんは続ける。

「最初は部屋に置いてたんだけど、こういうのって意外に世話が大変でさー。めんどくなっちゃったから妹の病室に置くことにしたんだ。あの子、いっつも暇そうだからちょうどいいと思って。あ、妹は生まれつき身体が弱くて、しょっちゅう入院してんの。だけどそしたらさー、妹の周りで急に不幸が大連発し始めたわけ。まあ不幸って言っても、お見舞いにきた担任がドアに指挟んだーとか、ナースさんがスマホ失くしたーとかそのレベルなんだけど、それでも毎日連発すれば気味悪いじゃん？　妹もここ最近、体調悪げだし。それでやっぱ捨てようかって話になったんだけど、ぞんざいに扱って呪われたらやだなーて思っちゃって。それで困り果ててたら、この店の噂を聞いてね。ダメ元で来たわけ。以上っ！　月城さんはこの話どう思う？　やっぱこれって呪いの樹なのかな？　かな⁉」

一気に語り終えた嵐山さんは、カウンターにべたっと身体を投げ出す姿勢で、月城さんに問いかける。月城さんは「何でちょっと嬉しそうなんですか」と邪険にしつつも、「とりあえず拝見します」と言い、盆栽を手に取った。こっそり薄透明の手袋を外したのを見て、僕は唾をのむ。

（対象の心を覗く力、か。実際どんな感じなんだろうな）

月城さんの左手に宿る、心を視る力。

未だよくわかっていないが、嫌われやすいという点を除けば、中々にチートな力だと思っている。心を視るだけでも十分なのに、対象が魔法道具であれば、魔法道具自身の自我をも読み取り、使用できる。なぜか星空の見えている午前3時33分にしか完璧にコントロールできないので、今は僅かしか読み取れないらしいが。

月城さんが真剣に盆栽を眺める空間で、しばらく待つ。手持無沙汰なのか、嵐山さんは「エプロン君はここで何してるの？　キミも凜風生？」と訊ねてくる。

「文学部の遠野だ。僕はただのアルバイトだよ」

「アルバイト？　表の貼り紙に三百円て書いてあったけど」

「いいんだ。それで納得している」

「へえー。ふうん。まあ美人だもんねー。おっぱい大きいし」

「やめろ。僕は女性の胸とか、そういうものに興味は」

まああると言えばあるけど、そう応えてしまうといずれ予定している月城さんとの賃金交渉が決裂してしまいそうなので「ない」と応える。だけどそのタイミングで嵐山さんのぷらぷらしていた手が、運悪く僕の左手に接触。魔法が発動してしまう。

「お、やっぱあるんだ。えへへ～まあそういうもんだよねぇ」

「何を言っている。僕はそんなこと言ってないぞ」

「うん？　でも今キミの声が聞こえたんだけど……」

「あ、いや、それは」

左手の魔法がバレそうになり、しどろもどろになってしまう。そんな僕を見て嵐山さんは、「やっぱり『ある』って言ったでしょーう」とニヤけ面で迫ってくる。くそ、何て鬱陶しい女だ。

　そんな感じで慌てる僕の耳に咳払いが届く。じろりと月城さんが睨んでいたので居住まいを正す。月城さんはため息を吐きながら、語り出す。

「こちらのツバキですが、おそらく魔法道具であると思われます。うっすらとですが、そんな気配がします」

「へ？　魔法道具？」

　当然、嵐山さんはぽかんとするので月城さんは魔法の説明をつらつらと述べた。以前、僕が聞いたのと一言一句違わぬ説明だ。いきなりこんな話をされても理解できないだろうと思い嵐山さんを見ると、やはり呆けた顔をしていた。どうも月城さんは、相手がわかるように説明する努力をしないのだ。

　だから、僕がフォローでもと思ったのだが、意外なことが起きた。

「えー、以上が魔法についての説明です。ご理解いただけましたか」

「へえー。そんなものがこの世に存在するんだ。すっごいね」

「……え？　あなた、信じるのですか？」

「え、うん、信じるよ。現に不幸が起きてるし」

（は？　信じるのか？　そんな簡単に）

まさかの展開だ。嵐山さんはなぜか疑うことなく信じたのである。月城さんも面食らっている。

しかも驚きはそれだけに留まらず。

「それで、それで、何が封印されてるの⁉　魔王？　古の魔神？　それとも七つの盆栽を集めれば、どんな願いも叶えてくれると言いながら一部の願いしか叶えられない龍が出てくるのかな⁉　かな⁉」

「お、落ち着いてください。そんなものは存在しません」

疑うどころか、月城さんに身体を寄せながらぐいぐい問いかける。「いやー実はこう見えて漫画とかゲームとか大好きでさー。摩訶不思議には目がないんだぜ。あははは」と笑う。なるほど。そういうわけか。それにしても、と思うが。

嵐山さんを押しのけながら、月城さんは迷惑そうにぼやく。

「何にせよ、まずは調査する必要があります。危険な魔法道具だった場合、おいそれと使用するわけにもいきませんので。とりあえず妹さんの話を聞かないと」

「そっか、んじゃ早速行こうよ。レッツゴー♪」

即断即決。嵐山さんはそう言うや否や、スキップしながら店の出口へと向かうのだ。他人を振り回すタイプの月城さんですら呆れるのだから、大した女だ。

「慌ただしい人ですね。わたし、あの人苦手です。ああいうわがままな人には絶対なりたくありません」

「……ああ、そうだな」

「何ですか。なぜそんな何かを言いたげな目をしているのですか」

「いや、べつに」

左手で触れていないはずなのに、僕の本音が伝わってしまったらしい。

月城さんは不満そうな顔で詰め寄る。

「言いたいことがあるならハッキリどうぞ」

「べつに何もないから気にするな」

「わたしも彼女に負けず劣らずのわがまま女と言いたいのですか」

「いや、言ってないだろうそんなこと」

「はい、今のはパワハラ発言です。バイト代から天引きします」

「何でだ⁉」

「女性に対して『いや』という否定語を使いました。日本の法律における女性差別に該当します」

「繰り返しになるけど、日本の法律、男に厳しすぎないか？」

「ちょっと何してんの二人ともー。いちゃついてないで行くよー」

「いちゃついてない！」「いちゃついてません！」

声を揃えた僕たちを、嵐山さんが「いちゃついてんじゃん」と笑う。その声にほんのり頬を染めながら、僕たちは無言で戸締りを始めた。


辿り着いた病院は、バスでしばらく走った場所にある国立病院だった。

「おーっす、今日も元気に病弱ってるぅ？」

「お、お姉ちゃんてば」

エレベーターを経て、四人部屋の病室に着くや否や謎の挨拶を放つ嵐山さんに、ひとりの女の子が慌て出す。窓際のベッドにいるこの子が妹のようだ。

「紹介するよ二人とも。我が妹、椿ちゃんだ。かわいいでしょー」

「あ、えと、はじめまして。妹の椿です」

「遠野だ。よろしく」

「月城です。よろしくお願いします」

何の説明もなく、いきなり現れた僕たちに妹さん——椿さんは視線を泳がせながらも、姉の奇行に慣れっこなのか、姉妹とは思えない礼儀正しさで挨拶する。女性だけの病室に男が入ってもいいのかとドキマギするが、誰も何も言ってこないのでまあいいかと挨拶を返す。

「あ、二人とも『うわー似てなーい』て思ったでしょ。でも正真正銘、血の繋がった姉妹なんだなぁ。ほら、目の辺りがちょっと似てるでしょ」

「お姉ちゃん……突っつかないで」

嵐山さんが言うように、二人は本当に似ていなかった。棒付きキャンディーを咥(くわ)えながら思ったことを口にするデリカシー皆無の脊髄(せきずい)反射生物の姉に、きちんとした応対ができる礼儀正しき妹さん。年上が必ずしも優れているわけではないと教えてくれる。爪の垢(あか)と言わず、彼女の浸(つ)かった風呂の残り湯をすべて姉に飲ませてやって欲しいくらいだ。だけど見た目はやはり姉妹であり、ほっぺを突つかれる椿さんは目鼻立ちが姉に似ていた。あどけない顔立ちは中学生を思わせた。

「それでお姉ちゃん、今日は何しに来たの？」

「それなんだけどさ。じーちゃんの盆栽あるじゃん。椿と同じ名前のコレ。何かね、魔法道具ってものらしいの。それで専門家に調査を依頼したってわけ」

「え？　ま、まほう道具？」

「おい待て。その説明じゃわからないだろ」

妹さんは見事に混乱している。だけど詳しく説明せず、「細かいことは気にすんな」で済ませるのが嵐山さん流だ。そして月城さんもそんな感じなのが辛いところだ。妹さんを置いてけぼりで、月城さんのクールな解説が始まる。

「さて、今回のこの樹――〝呪いの樹〟とでも称しましょうか。魔術の世界においˉ

て樹というのは生命の象徴を意味します。セフィロトの木などが有名ですね。セフィロトの木に実る『生命の実』を食べられることをおそれ、神はアダムとイヴを楽園より追放したといわれています。また、それ以外でも樹は神が宿るものとして多くの地域で崇拝の対象とされてきました。日本におけるご神木もそのひとつです。樹はその大きさ、長寿、繁栄などを理由として、神の依り代となり何百年も祈りを捧げられる存在なのです」

唐突に始まる魔法講座。四人部屋なので、椿さんと同じ歳くらいの他の患者さんが、何事かとこちらを見る。いたたまれない気分だった。

「ただし、現在起こっている現象は魔術ではなく魔法。人の心が生み出す現象です。なので今説明した概念を含め、我々が樹に対してイメージするものを考えねばなりません。ぱっと思いつくものとしては『生命』『成長』といったところでしょうか。光合成という意味で『浄化』も含まれるかもしれません。ただ、今回は明確に不幸が起きていますので、『吸収』という表現も考えられます。妹さんの健康や、誰かの幸せを養分にして育つ樹——といった考え方です」

「誰かの幸せを養分に……だと」

その説明を聞いて、ぞくっとする。

そうだ。月城さんは、魔法道具は多くの場合、勝手に発動して悪影響をおよぼすと説明していた。となると、人体に悪影響をおよぼすものも当然あるということか。そう知ると同時に、途端に背筋が寒くなった。

「だったら早く処分しないとまずいんじゃないか」

「尚早です。遠野さんの鍵束同様、処分してもすぐに戻ってくる可能性もあります。それに、本当に呪いの樹なら安易に処分するのは危険です。何が起こるかわかりませんからね。なのでまずは調査をしましょう」

そう言い、ずっと立ちっぱなしだった月城さんは、ようやくパイプ椅子に腰かけ、椿さんの顔を見つめる。超がつく美人なうえに、超がつく無愛想無表情無感情のトリプルナッシング女が見つめるからか、椿さんは赤くなりながら背筋を正す。嵐山さんは面白そうに見守っている。

「それではお訊ねします。椿さん、あなたの体調はいつ頃から悪いのですか」

ストレートな質問に、椿さんは面食らう。視線で姉の様子をうかがうものの、姉は「いいからいいから。お姉ちゃんの知り合いだよ」と笑うばかり。椿さんは観念したように口を開く。

「えっと……魔法とかよくわからないですけど、わたしの病気は生まれつきです。免疫が低くなる症状で、それで」

「そうそう。生まれた時からこんな感じだから、すぐに退院できなかったんだよねー。その後もずっと病院暮らし。だけどすてきなお姉ちゃんがいるから頑張れるんだよねー。にゅふふ」

「自分で言うか普通」

妹の頭を撫でて笑う嵐山さんに、ため息を吐く。だが、ツッコみながらも、その台詞は嘘ではないと思えていた。撫でられる椿さんは心地よさそうで、月城さんも理解を示したようだ。特に反応せず、質問を続ける。

「それでは、半年前に亡くなったというおじいさまとの関係はいかがでしたか。あまりうまくいっていなかったとのことですが」

「あ、それは」

さすがに椿さんの顔が暗くなる。

が、姉が手櫛で髪を梳いてくれるからか、躊躇いながらも応えてくれる。

「おじいちゃんは気難しい人で、すごく苦手でした。だから、あんまり関わることもなくて。これといった思い出もないんです」

「あたしも苦手だったなー。じーちゃんには怒られてばっかだったし」

「妹さんはともかく、あなたの場合は自業自得では？」

「いやほんと面倒な性格だったんだよ。さっきも言ったでしょ、人の不幸を喜ぶクソジジイだったって。それにあたしら一家は嫌われてたからさ。お母さんとお父さんは駆け落ちだったしねー」

「え？」

あまり日常では聞かないその単語に、驚きを漏らす。一方で嵐山さんは何でもないことのように説明する。

嵐山さんの両親は駆け落ちをしたそうだ。理由は父親が画家を目指していたため、祖父の了解を得られなかったからだ。気持ちはわからないでもない。大事な娘を博打人生に嫁がせるのだから当然だ。だが、結局父親は画家ではないがデザイナーとして大成し、嵐山さんが生まれた時に祖母が取りなしたこともあって仲直り。その後、椿さんが生まれたと。しかし本当に一応レベルの仲直りだったため、すぐに微妙な関係となってしまった。そして半年前、打ち解けることのないままぽっくりとのこと。

「その話を聞く限りだと、じいさんの憎しみが盆栽に宿り、呪いの樹になったという風にしか感じないんだが」

「だよねー。あたしも今、説明しながら思ったもん。こわっ。やっぱり処分しちゃおうよ月城さん。何かいい方法ない？」

「ダメです。勝手は許しません」

善は急げとばかりに脊髄反射娘は急かすが、月城さんはそうはいかない。もっと調べてからと言うばかり。それを受けて嵐山さんは「はー。この腰の重さ。これだから巨乳は」と嘆き、月城さんは「関係ないでしょう！」と憤（いきどお）る。男の近くでそういう会話をしないでくれと思いながら、正直僕は脳内で嵐山さんに賛同していた。実際に椿さんの体調が悪化していると嵐山さんは言った。ならば急ぐべきと思えたからだ。

ただ、ここで椿さんが気になることを言う。

「でも、その、変な話ですよね。これが呪いの樹だなんて」

「ん？　どゆこと」

月城さんと取っ組み合い寸前になっていた嵐山さんが問う。僕もよくわからず、椿さんを見る。

応えたのは月城さんだった。

「縁起木（えんぎぼく）なのに、ということですか」

「はい。わたしと同じ名前なので、縁起がいいと聞いたことがあるのを、よく覚えています。なのにそれが呪いの樹だなんて、と思って」

「ふむ……確かにそうですね」

椿さんの台詞に月城さんは考えこむ。そういえば、そんな話を僕も聞いたことがある気がする。ではなぜ、その樹が呪いを放つ魔法道具となったのか。何とも言えない奇妙さが僕たちを包む。

午後の太陽が差しこむ病室で、応えてくれる人は誰もいなかった。

答えに行き詰まった僕たちは、長居するのもと思い、そこそこに病室をあとにした。もちろんツバキの盆栽を抱えてである。

午後四時を目前としたお茶の時間帯。僕たちは病院近くの喫茶店で、作戦会議を開こうとした——のだが。それどころではなくなっていた。

「痛たたぁ……あのチャリ、どこ見て運転してやがんだよー」

「いいじゃないですか、それくらい。わたしなんて道の窪みにつまずいたんですよ。危うく大変なことになるところでした」

「どこが大変なのさ。遠野くんに支えられたおかげでセーフだったじゃん。こっちは衝突されたうえに思っきし顔面からコケたっつうの」

「胸が小さいから顔から落ちてしまうのですね」

「あら～月城ちゃん、結構根に持つタイプだねー。いい度胸だ。表でキャットファイトしようぜ」

「やめろ二人とも。その場合、僕は他人のふりをして帰るからな」

火花を散らす二人を宥めんとする。今さらだが、どうもこの二人は相性が悪く、おかげで僕が終始仲裁役に回されるのだ。

　何の話をしているかというと、病院を出てここに来るまでの話である。嵐山さんは自転車とぶつかり、月城さんは転びそうになり、僕は小さい子にジュースをひっかけられてしまった。導き出せる答えはひとつしかなかった。

「ね？　やっぱ呪いの樹でしょ？　これがあるとロクなことが起きないんだって。よし、処分しよう。月城さん、安全な方法を考えて」

「尚早だと言っているでしょう。本当に堪え性のない人ですね」

　おそらくというか間違いなく呪いの樹のせいだと思いつつも、それへの対処法で僕らは揉めていた。すると嵐山さんのスマホが鳴り、「やべ、今日バイトだった。あーもう面倒だからバックれる。交渉してくるね」と言い、外へと出ていった。それを見ながら月城さんは「何て不真面目な人ですか。ああはなりたくありません」と愚痴っている。同意しつつも、あんたも勤務中にワインを開けていなかったかと言いたくなったが、飲みこんだ。どうせ「女性の仕事にいちゃもんをつけましたね。はい性差別」とか言うに決まっているからだ。

「で、どうするんだ結局。左手で見た感じ、何かわかったのか？」

　まあそんな話はさておき、目の前の事件を解決すべく訊ねてみる。月城さんの左手については嵐山さんには明かしていない。今がチャンスと思ったのだ。

「昼間ですのであまり感じ取れていません。もともと魔法道具は声が小さいので、難しいのです。ただ、たくさんの心が宿っているのは確かです」

「たくさん？　どういうことだ」

魔法道具は心の影響を受けて、空(から)の器に魔法が宿る。そのうえで自我が芽生え、声を発する。そう思っていたけど。

「その認識で合っていますよ。ただ、それとはべつに、この魔法道具は多くの人の手を渡ったのだと思います。その際に、少しずつ色んな人の心に触れ、上澄(うわず)みのようなものが残っているのでしょうね。そのせいだと思われます」

月城さんの説明に、再び考えこむ。

ううん、結局よくわからない。そう言えばこの魔法道具は高額だったと嵐山さんは言っていたが、ということは、じいさんが手にする前から魔法道具だったのだろうか。じいさんは魔法道具と知ったうえで買ったのか。それらを訊ねる。

「おそらくその可能性は高いです。魔法の存在を知っていたとは思えませんが、昔の人ですから願掛けを信じ、大金を使ったとしても不思議ではありません。問題は、なぜ呪いの樹を購入したのか。そこが気になります」

「難しいな。どうする？　３時33分にあんたの魔法で調べてみるか？」

「まだやめておきましょう。もし本当に呪いの樹なら、何が起こるかわかりません。わたしが必ずコントロールできるとも限りませんので」

その台詞を最後に、僕たちは黙りこむ。正直、ヒントが少なすぎてわからない。これは嵐山さんの両親やおばあさんにも聞き取り調査をした方がいいのだろうか。だが、それらは既に嵐山さんがしているだろうし……ううん。

といった感じで、僕らは答えのない迷路で立ち止まっていたのだが。

それはさておき、月城さんが突如、こんな話を始める。

「ところで遠野さん」

「ん？　何だ——って、うわっ！」

一体何を思ったのか。四人がけの席で僕の隣に座っていた月城さんは、なぜかいきなり、ぐいっと——身体ごと顔を寄せては、至近距離で見つめてくるのだ。その奇行に慌ててしまう。女の香りが辺りに漂い、綺麗な顔が間近に迫ったことで心臓が跳ねる。何だ何だ急に。

甘い吐息（といき）と共に、彼女は訊ねる。

「随分親しそうでしたね。嵐山さんと」

「は？　何の話だ」

「病室でのことです。わたしが少し席を外した際に、随分と楽しそうにお話をされていたので」

「え、ああ、あれは」

どうやら先ほどの病室でのことを言っているらしい。月城さんが席を外した時に、確かに僕たちは何気ない世間話をした。彼女が付けていたストラップが僕の好きなゲームのそれだったので、話が盛り上がったのだが……え、それが何？

「そうですか。盛り上がったのですか」

「まあ、それなりに」

「それなりに盛り上がったんですね」

「ああ。それが何だ」

「鼻の下を伸ばして」

「伸ばしてなんかない。あんたは一体何が言いたいんだ」

「べつに。ふーんと思いまして」

「ふーんか」

「ふーんです」

「ふーんなのか」

………。

（え？　結局何が言いたいんだこの女は）

真剣に意味がわからない。ゲームの話で盛り上がった。ふーん。

……は？

だから何だとしか言いようがなく、しかもなぜか不満気なので対処できない。

「まあ遠野さんは昔からそういうダメ人間ですものね」と愚痴られるが、めちゃくちゃ最近知り合った仲だろうがと思う。やれやれ、本当に意味不明なんだから。

そんなわけで、何とも言えない空気のまま、僕たちは沈黙する。

だけど閃き（ひらめき）というのは、こういう何でもない時に訪れるのだから驚きだ。

（ん？　そういえば）

ふと思いついたことを月城さんに告げてみる。

「なあ月城さん。少し気になることがあるんだが」

「何ですか」

「呪いの樹なんだが、僕たちが転びそうになったり、ジュースをひっかけられたりしたのに対し、妹さんは病状が悪化しているわけだ。この現実から立てた仮説なんだが――」

自分の仮説を話してみる。

するとと、月城さん的に好感触だったようで。

「なるほど。その可能性はありそうですね」

「だろう？　僕が思うにこの樹は――」

「ただいま～。バイトばっくれ成功したよーん。ちゃんとあたしがいない間にいちゃついてたかーい？」

相変わらずふわふわした空気を纏い帰ってきた嵐山さんに「いちゃついてません！」と月城さんが叫ぶ。だが、今はそんなことはどうでもいい。月城さんは黙し、何かを考え、熟考の末にスマホで今夜の天気を調べ始めた。どうやら快晴のようだ。月城さんは小さく頷く。

「嵐山さん」

「ん、なになに？　何か進展があったの？」

「はい、大きくありました。つきましては今夜、作戦を決行します」

「は？　今夜？」

呆ける嵐山さんに、月城さんは宣言する。

その瞳には、力強い自信がみなぎっていた。

「今夜の午前三時に、妹さんの病院前に集合してください。すべての顚末を明らかにしましょう」

その日の深夜。午前三時過ぎのことだ。

僕と月城さん、嵐山さん、そして椿さんの四人は、なんと真夜中の病院の屋上に集って（つど）いた。

「す、すごいですね……これが魔法ですか」

「ふわー。これはびっくりした。月城ちゃん、めっちゃすごいじゃん」

椿さんと嵐山さんの二人が驚愕（きょうがく）しているのには理由がある。正直、僕も未だ心臓のばくばくが収まらない。

夕方、例の作戦会議の中で僕たちは、椿さんの体調を考え、病院の屋上にて作戦を決行すると決めた。ようは午前3時33分にその場所で月城さんの魔法を行使するということだ。嵐山さんは理解できていなかったが、とにかく月城さんの独断でそう決まったのだ。

しかし当然、深夜の病院に忍びこんだり屋上に上がったりなんて簡単にできるはずもない。と思っていたが、月城さんは心配無用のひと言。訝（いぶか）しみながらも午前三時に自転車やらタクシーやらで病院前へ集合した僕たちは、その理由を知ることとなった。

「いやー、これが魔法の力か。超すごいね。男湯覗き放題じゃん。月城ちゃん、これで一緒にエロいことしようよ」

「嫌に決まってるでしょう。何を言っているのですかあなたは」

月城さんが持参したのは、いつだったか見せてもらった魔法道具『透明マフラー』だった。やたらと長く、四人で使用しても十分にあまる。これを巻くことで本当に透明人間となった僕たちは、それをいいことに眠っていた椿さんを起こして連れ出し、難なく屋上に来たというわけだ。あまりにスムーズすぎておそろしい。特に、寝起きに突然透明人間にさせられた椿さんは驚いており、すごいすごいと顔を煌(きらめ)かせている。

「しかし本当にすごいな月城さん。こんな便利な魔法道具があるなんて」

「ごく稀にですが、非常に使い勝手のいい魔法道具が存在するのです。もちろん普段は然(しか)るべき人たちによって保管されているのですが、わたしは特別にいくつか所有させてもらっています」

その答えに、へえと思いながら疑問を抱く。然るべき人。特別に所有。どうやら彼女の背後には、まだまだ僕の知らない世界が広がっているようだ。

一方で、それらには興味がないのか、嵐山さんが訊ねる。

「それで、こんな真夜中に呼び出して何する気なのさ。何で屋上？」

「はい。それについては助手である遠野さんからお話しします」

「は？　何で僕が」

「お願いします。わたしは少し集中しますので」

「ワイン片手によくそんな台詞が言えるな」

抗議も何のその。月城さんは病室から僕に運ばせたパイプ椅子に腰かけ、ワインの栓を開けてグラスに注ぐ。仕方なく僕が嵐山さん姉妹に説明する。まずは月城さんが魔法使いであること。次に、午前3時33分になれば星空の下でのみ、彼女の魔法で魔法道具を使用できるということ。それらを語る。もちろん、相手の心を覗けるといった部分は伏せて説明した。魔法についてよくわかっていなかった椿さんも、さすがにこの状況では信じてくれたようだ。

そして肝心のツバキについても説明する。

「それでこのツバキに関してだが、どうやら僕たちは呪いの樹という表現に囚われすぎていたと思うんだ」

「ん？　どゆこと？」

嵐山さんの疑問に、ワインを嗜みながら月城さんが応える。

「注目すべき点は、人によって不幸の度合いが違っていたことです。ドアに指を挟んだり、スマホを失くしたり、何てことのない不幸の一方で、椿さんは体調を悪化させています。この違いは何でしょうか」

「おお、そういえば。関係ないけどワイン似合うね」

「ありがとうございます。そこからヒントを得て推測しましたところ、ある仮説に至りました。それは、どうやらこのツバキは呪いの樹ではなく、むしろ逆――〝幸せを与える魔法道具〟なのではという答えです」

「幸せ……?」

椿さんがぽつりと零す。

「植物が光合成で二酸化炭素を酸素に浄化する感覚です。この樹はわたしたちから幸せを吸収し、それを椿さんに分け与えているのではと考えたのです」

「え、ちょい待ってよ。椿は体調が悪化してるんだよ?」

「悪化しているというのがそもそもの勘違いかと思われます。こうは考えられませんか。ものすごく悪化している椿さんの体調を、この樹が〝少し悪化した程度に和らげてくれている〟――と」

「――っ」

嵐山さんも椿さんも声を失っている。

月城さんは言っていた。このツバキは、色んな人の手を渡ってきたと。

魔術の世界において樹は崇拝の対象だ。さらに、縁起木であることを考えるなら、この樹は誰かの健康を願って祈りを捧げられてきた可能性が高いのだ。それによりどこかのタイミングで心の影響を受け、魔法道具となり、いつしか高値で取引されるほどの〝幸せの樹〟となった。その後、色んな人の手を渡り、それを嵐山さんの祖父が購入したのだとしたら。今は亡き祖父が、身内の不幸を事あるごとに喜んでいたのはもしかして。

「え――ってことは、じーちゃんが、まさか」

「よく聞く話ではありますね。病気の孫のために、自分はどうなってもいいからと祈りを捧げるご老人の話を。それに似たものかもしれません」

「でも、じーちゃんはあたしらを嫌っていて……」

「そうですね。ですがそれも所詮（しょせん）はあなた方の主観です。生来（せいらい）の気難しさゆえに表向きはそうなっていたとしても、果たして真実はどうなのか。それを知る勇気はありますか」

そう告げ、月城さんは薄透明の手袋を外した。月の輝きに、星の瞬（またた）きに、宇宙の深みに白い肌が煌く。夜に包まれる彼女の髪がさらさらと鳴った。

「わたしの魔法を使えば、このツバキに宿る記憶を解放し、あなた方のおじいさまの真実を知ることができると思われます。ですが、これまでに述べた話はあくまでも仮説です。もし間違っており、やはり呪いの樹であるとしたら、何が起こるかはわかりません。ゆえに、魔法を使うかどうかはあなた方が決めてください。ですが、わたしは」

そこで区切り、月城さんは言い淀（よど）む間を挟む。

だけどすぐに逡巡（しゅんじゅん）を終え、告げる。

「わたしは信じたいです。孫を愛する心というものを」

そう告げる月城さんは、どこか憂いを帯びていた。何かを思い出し、嘆き、慈しむような、そんな表情だった。その意味を、この時の僕はまだ知らなかった。

その表情に嵐山さんも何かを感じたのか、まっすぐ目を見て告げる。

「うん、いいよ。魔法を使って。あたしも信じる」

「いいのですか。もし間違っていたらどうなるかわかりませんよ」

「大丈夫。自信があるから、ここに呼び出したんでしょ？　あたしは月城ちゃんを信じるよ」

「今日出会ったばかりなのにですか？　あなたも知っているでしょう。わたしの評判の悪さは――」

「いいの。そんなのどーでも」

遮るよう、嵐山さんは続けた。

その瞳には小さな後悔が秘められていた。

「へへ。実はさ、じーちゃんが死んだ時、あたしも椿も見ちゃったんだよ。お母さんが思っきし泣いてるのを。『もっと早く素直になっていれば』て言ってさ。たぶんお母さん、本当は仲直りしたかったんだと思うよ。駆け落ちしたことも後悔してたと思うの。だけどこっちから歩み寄る勇気を持てず、ああなったんだろうね。だから、あたしはそれ以来意識してるんだ。どんな時でも、まずは疑うより信じようってね。魔法のことも月城ちゃんのことも、あたしは噂より、実際に見て、話して、そして信じて、そのうえで決めたかったんだ。月城ちゃんは噂とは全然違った。噂よりも数段シケてて陰気で面倒な性格で――そんでもって最高に面白くて誠実な人だった。ありがとね、椿の身体に気を遣ってくれて。だからあたしは信じる。何があっても後悔なんてしないよ」

夜の下、星々のさざめきに抱かれて。嵐山さんは、まっすぐ思いの丈をぶつけた。その思いを受けて、月城さんは赤くなった顔で告げる。

「買い被りすぎです。べつにそこまで……って、誰が面倒な性格ですか」

「にしし。そゆとこホントかわいい。そりゃあ遠野くんも三百円で働くよねー」

「おい待て、何だ急に。僕を巻きこむのはやめろ」

「にゃはは。キミたちはホントいいコンビだよ」

意味不明なことをほざく嵐山さんを前に、慌てながらつっかかる。くそ、この女。微妙にちょくちょく余計なことを言いやがって。

その傍らで、もうひとりの少女も答えを出す。

「あの、魔法とか難しいことはわからないですけど……でも、わたしもお姉ちゃんの決断を信じたいです。病気で辛い時も、苦しい時も、いつもお姉ちゃんが側で勇気をくれたから」

「椿——かわいいぞ、こいつ！」

嵐山さんは嬉しそうに椿さんを抱きしめ、なでなでする。椿さんは嬉しそうに受け止め、はにかんでいた。

「それでは始めましょうか。遠野さん、時間は大丈夫ですか」

「ああ。３時33分まで、あと一分」

月城さんの合図で、いよいよ僕たちは真実へと手を伸ばす。

月城さんが左手を夜に差し出す。嵐山さんが椿さんの肩を抱く。椿さんは真剣に月城さんを見つめる。僕は、ふと母さんに祈っていた。頼むぞ。どうか、願った通りであってくれと想いをこめて。

「時間です。いきますよ」

午前３時33分。月城さんは左手をツバキに触れさせる。

心の記憶が放たれる。

記憶の渦が溢れ出す。心地よいような、そうでないような不思議な気分。解放されたツバキに宿る心は、僕たちにも流れてきたようだ。心の渦に呑まれる。

遠い時代の記憶が映った。さて、これはいつのものだろうか。

昭和よりもさらに昔の格好をした人たちが、一生懸命にツバキに祈っている。どうやら祖父母が孫のために祈りを捧げているようだ。お願いします。どうか孫の病気を治してください。自分はどうなってもいいですから。心を削り、差し出すような祈りを捧げていた。

時は移り、また別のところで老人が孫のために祈りを捧げていた。何人も何十人も何百人も。あらゆる心を受けて、いつしか魔法道具と化した樹に、無数の願いが捧げられる。枯れることのない樹は不幸を撒き、代わりに幸せを必要とする人に与えていた。誰もがこの樹に感謝していた。

とある老人が祈っている景色が見えた。

周りの風景から察するに、割と最近のようだ。

「どうか孫が良くなりますように。どうか椿が良くなりますように」

（っ！）

聞こえた。この人が。

溢れる記憶が流れこむ。どうやら家族とは本当にうまくやれていなかったようだ。誰かと喧嘩している景色がしょっちゅう映る。だが、どんなに機嫌の悪い日でも、夜になると祈りを捧げている。どうか、どうかお願いします、と。

男性が財布を失くしたと嘆いている。じいさんは喜んでいる。

女性が指を怪我したと嘆いている。じいさんは喜んでいる。

あの少女は——もしかして昔の嵐山さんか。告白したけどフられたとヤケになって暴れている。じいさんは大層喜んでいる。これはツバキと関係があるのだろうか。思わず苦笑する。

ああ。随分と幸せな景色じゃないか。

家族の不幸を喜ぶカタブツじじい。だが、その正体は誰よりも家族を愛する優しい人だったようだ。無償の愛を当たり前に抱ける人で、その心が、優しさが、ツバキに奇跡を起こさせたんだ。

とある夜の景色。ツバキより光の玉が放たれる。ふわふわと宙を漂い、その玉は病院のベッドで苦しむ椿さんに注がれる。眠る彼女の表情が和らいで見えた。翌日、体調が悪化したと担当医が説明している。でも、不幸中の幸いか、ぎりぎり踏みとどまれているとも語っている。その理由はきっと。

じいさんの祈る声が木霊（こだま）する中、記憶の渦はさらりと溶けた。

「は——っ」

意識が戻る。視界が脳と再び繋がる。辺りを見渡す。

そこは真夜中の病院の屋上だった。短いような長いような夢を見ていた気分。視線を動かすと、皆も同じものを見ていたのだろう。誰もが呆然としている。最初に動いたのは月城さんだった。抱えていた鉢を置き、告げる。

「どうやら賭けに勝ったようですね。これが真実です」

その台詞に嵐山さんが頷き、零す。

「たすけられていたんだ。じーちゃんに」

呆然と呟くその表情は、何かを悔いているようだった。椿さんも何も言えず、俯いている。姉妹の心中を察するように月城さんは語り出す。その声は、遥かなる月より聞こえた気がした。

「魔法道具には自我が存在します。万物が有する刹那の意思が、魔法道具となることで、確固たる自我へと育つのです。この子——このツバキは、どうやら相当優秀な魔法道具のようです。多くの尊い心に触れ続けたからでしょう。誰の期待も裏切ることなく祈りに応え、しっかりと椿さんを守っていたようですね。おじいさまが亡くなられた今も、主の遺志を継ぐように」

それだけ言い終えると、月城さんは自分の役目は済んだとばかりにパイプ椅子に腰かけ、再びワインをグラスに注ぎ始めた。そして、ちょいちょいと僕を手招きし、自分の肩を示すのだ。何だろうかあの仕草は。まさかあの女は、ひと仕事終えた自分を労ってマッサージしてくれと言いたいのだろうか。いや違うな。「してくれ」ではなく「しろ」だな。上目遣いでお願いしているのではなく、上から目線で命令している。まったく、盆栽に触れるだけ触れて、あとは放ったらかしとは随分楽な仕事だな。だが、今日に関してはそれでよかったかもしれない。僕の時とは違い、彼女らはひとりではないのだから。

「お姉ちゃん。このツバキ、わたしが育ててもいいかな」

「え？」

喪失した心に火を灯すよう、椿さんが姉に心を添わせる。

「生きていた頃のおじいちゃんとはうまく話せなかったから。だから、この樹をおじいちゃんだと思って頑張るよ。応援してもらえてたって知れたもの。くじけずに頑張れると思うんだ。そして、いつかわたしが元気になれる日が来たら、この樹を次の人に託したいんだ。きっとそうやってこの樹は、遥か昔から受け継がれてきたと思うの。わたしもその、すてきな一部になりたいの」

「ん……そうだね。いいんじゃない、それで」

妹に手を握られながら、嵐山さんは短く呟く。

そして天を仰ぎ、紡ぐのだ。遠く儚い、かつての記憶を。

「じーちゃんがこのツバキを買ったのは、あたしが十歳の時かな。大事にしてた盆栽を全部売り払って、借金までして。あれ以降お年玉もくれなくなったから、めっちゃムカついてたんだけど、それぐらい大金を積んでたってことだよね。ああ、そういやあたしが部活で骨折した時も、ひとりだけ病院に来てくれなかったけど、あの時ももしかしたら祈ってたのかなー。じーちゃんって、なぜかいっつも擦り傷だらけで、何を訊いても転んだとしか言わなくて。意地悪ジジイに罰が当たったとか思ってたけど、あれもきっと、ずっと」

彼女の目から、半年遅れの涙が溢れた。悔いか、感謝か、別の何かか。

透明で美しい家族への想いは、心と共に流れてゆく。

「何だよ……大事にしてくれてるなら、そう言ってくれりゃあよかったのに。そしたら葬式でわんさか泣いて、ああ、あのジジイは愛されてたんだなあって、参列した連中に思わせてやったのに……ちくしょう」

涙を拭う手で、嵐山さんはツバキの鉢を抱きしめた。ふわりと、ツバキより光の玉が浮かび、彼女の胸に溶けたような気がした。それを見た僕は軽く息を吐き、月城さんの肩を揉みほぐすことにした。華奢な肩は力を入れれば壊れそうなほどに細く、服越しに感じる温もりは、どこか上機嫌さを表しているようだった。

「随分と手馴れているのですね。気持ちいいです」

「母さんに時々していたからな。身体は覚えているというやつだ」

「そうですか。道理で――」

「いえ、何でもありません」

月城さんは何を言いたかったのだろう。わからないが、べつに気にならなかった。一方で、僕の考えていることも服越しなので伝わってはいないが、今なら伝わっても構わないと思えた。そう感じたのは初めての経験だった。

魔法の神秘が包む夜。

星々の瞬きが、僕たちの未来を見守っているような気がした。

その後の話を少しだけしよう。

しんみりとした時間を過ごしていた僕たちだが、だからと言っていつまでも屋上にいるわけにもいかないので早々に退散。椿さんは病室へ。僕たちはそれぞれ帰路についた。

そして朝。寝不足もいいところなので大学をサボろうかと思うものの、今日が日曜であることを思い出し、歓喜する。日曜の朝に「今日は日曜だ」と知る瞬間の何と幸せなことか。一方で、日曜も関係なく営業しているバイト先に行くかどうかを悩むも、気づけば自宅を出る準備を始めていた。その理由は深く考えなくていいのだろう。

昼過ぎに店に着いた僕は、今日もカウンター内の椅子に腰かけ、分厚い本を開いていた月城さんを見つけた。いつも通りの景色に、なぜかほっとした。

「今回の件は勇気の問題だったんだな」

エプロンを着け、月城さんの斜め後ろに立ち、ぼんやりしながら。

何となく思いついたことを言ってみる。

「僕もたまに父さんと喧嘩をするが、自分から謝るのは勇気が要るといつも感じる。どちらが悪いとはっきりしていない場合は尚更だ。こっちが仲直りしたいと思っていても、向こうもそう思っていなければ、こじれるだけだからな」

「そうですね。心を開けば相手も応えてくれたかもしれないのに、その勇気が持てず、そのままお別れになったのだとしたら……特に嵐山さんのお母さまにとっては寂しい話でしたね」

思い出すのは、かつての道徳の授業だ。

自分が友達の名前を書いたのに、向こうが書いていなかったら。あのプリントと今回の件は少し似ている。信じる勇気がなければ、傷つきたくがないために、何も書けなくなる。でもそうやって勇気を持てなかった結果が今回の話なのだとしたら、やっぱりそれは悲しいと思う。

そしてさらに、僕を悩ますことを月城さんが告げる。

「ただ、魔法とは往々にしてそういうものですよ」

「ん?」

僕の問いに、凛と響く声で彼女は応える。

「魔法は後悔や未練と言った感情をもとに生まれることが多いです。人の心は負の感情の方が強い想いを発するものなのです。今回は特にトラブルは起こりませんでしたが、魔法に関わる以上は、こういったやりきれない場面を多く見ることになります。魔法とは、そんなにすてきなものではありませんよ」

「…………」

月城さんの言葉は何だか意味深だった。嫌われ続けた過去を考えれば、彼女が魔法を嫌う理由はわからないでもないが、ここまで言い切るものだろうか。どうしてもその意味を深読みしてしまう。

彼女から視線を外し、自分の左手を見つめる。ここに宿るは、強制的に自らの心を開き、伝える力。母さんが残したであろう不思議な魔法。彼女の言うように、この力も忌み嫌われるべきものなのだろうか。答えは出ない。

「ちょりぃーす! おっすおっす! 嵐山さん参上だぞ!」

「いらっしゃ――何だあんたか。騒がしいぞ」

「いらっしゃいませ。店の中で騒がないでください、嵐山さん」

考えこむ僕を現実に戻したのは、今日もハイな嵐山さんだった。

本日もカジュアルな出で立ちの彼女は、苦言などお構いなしにスキップしながら寄ってきたかと思えば、カウンターにお菓子の箱を置くのだ。

「いやぁ昨日は本当にお世話になったわー。これお礼。プリン。超美味しいよ。病人のお見舞いってさぁ、九割がたがゼリーかプリンで、椿がひとりで食べきれないからあたしが貰ってるうちに、何かめちゃくちゃ通になったの。あと、今朝病院に行ってきたんだけど、椿ってばめっちゃ元気になってたよ。あれだね。病は気からってのはこういうことを言うんだろうね。二人にお礼言っといてって言われたから『生きて帰って自分で言うんだな』って言っておいたよ。はぁ～、あたしってばホントいいお姉ちゃん。というわけでいただきまーす」

「「……はあ」」

騒がしいなんてレベルじゃない。あらゆる情報をぶちまけた嵐山さんは、そのまま箱を開け、中のプリンを食べ始めるのだ。ちゃっかり自分の分も用意してきたあたりが彼女らしい。僕と月城さんのため息が重なる。

「まったく。あなたは妹さんを見習っておしとやかになるべきですね。本当に血が繋がっているのか怪しくなってきましたよ」

呆れた表情でぶつくさ呟く月城さんだが、その目はしっかりとプリンの容器に注がれていた。待てと言われているシーズー犬にそっくりだ。尻尾が生えていたらぶんぶんしてそう。言ったらキレるだろうだから言わないけど。

「んでさぁ、今回の件をお母さんに報告しようかと思うんだけど、何て言えばいいと思う？　あのツバキはジジイだ！　でいいかな？」

「それで伝わったらエスパーか何かだな。もっと順を追うべきだ」

「あなたは何もせず、妹さんに任せることをおすすめします」

僕たち三人は、デザート片手にたわいない話を交わし合う。特にこれと言って意味はない、明日にはもう忘れているだろう、そんなやりとり。だけどその時間はどこか尊く、誰もやめようとせず、穏やかな時間が過ぎていった。

その穏やかさに激震が走ったのは、しばらくした頃だった。

「んでさぁ、そういうわけだからあたしが友達のデートの下見につきあうことになったわけ。でもダルいじゃん。惚気られるに決まってるしー。だからさぁ、月城ちゃんも付いてきてよ。一緒に彼氏持ちをいびりまくってやろうぜ」

「嫌ですよ面倒くさい。何でわたしがそんなことを」

「えー、友達でしょー。頼むよツキえも～ん」

「「――え」」

思わずといったタイミングで、僕と月城さんの声が重なった。

あまりのシンクロ具合に、嵐山さんは「え、何？」と呆ける。だけどこっちはそれどころではない。

「おい待て。今あんた、友達と言ったのか」

「え、言ったけどそれが何？」

「友達？　あんた友達の意味がわかって言ってるのか。そうなのか⁉」

「は？　何？　うわもう、エプロン君うっざ。わかってるよ当然。あたしと月城さんが仲良しってことを言ってんの」

「と、友達……ですか。わたしと嵐山さんが」

「そりゃそうでしょ。だって一緒にプリン食べたんだよ？　だったらもうあたしら友達じゃーん」

「で、でも、わたしはアレですよ。左手で直接触れると、嵐山さんの考えていることがわかってしまう体質（たち）でして……」

「待て待て月城さん！　それ言ってしまっていいのか⁉」

「そうなの？　ふーん、まあいいよべつに。見られて困るものもないし」

「って、いいのか⁉」

「いいよべつに。変なことしか考えてないけど、それでもいいならお好きにどーぞ。それよりその反応、もしかして月城ちゃんて本当に友達いない人？」

「う……わ、悪いのですか」

「にゅふふ。むしろ好都合だぜ。だったらあたしが〝友達1号〟になって、どんどん悪いこと教えてやって――」

「ちょ、待て！　待つんだ！　タンマタンマ！」

気づけば僕は、なぜだろうか。友情を芽生えさせんとする二人の間に割って入っていた。なぜなのか自分でもわからない。わからないが、その〝1号〟という響きに、言いようのない焦りを感じていたのだ。

「待つんだ嵐山さん。ここは早急に結論を出さず、じっくり審議してだな」

「何だよー。いいでしょべつに、あたしが月城ちゃんと友達になっても」

「構わないが、結論を急いで出さなくとももと言ってるのであって」

「もしかしてアレかい？　月城ちゃんの友達は自分ひとりで十分だよと言いたいのかな？」

「いや、それは――」

「そうなのですか？」

やばい。まずい。予期せぬタイミングでまさかの大ピンチだ。ニヤニヤ顔の嵐山さんと、それはもう大好物の匂いを嗅ぎつけたシーズー犬が目を見開いて僕に急接近するのだから。いや、これはそうじゃなくて。

「あ、それとも遠野くんてば、あたしと友達になりたいってこと？」

「は？　そんなこと言ってないだろう。誰があんたみたいな騒がしい女と」

「んもー照れるなって。にしし。あたしらも友達に決まってんじゃーん」

「な、ちょ、うわ」

何ということか。嵐山さんはいらつくニヤけ顔をそのままに、僕の腕にしがみついてきやがったのだ。女の匂いが間近に迫り、脳が――ちょ、やめろ。

「心配しなさんなって。ちゃーんとあたしがキミの友達1号になったげるからさ」

「おい待て。マジで離れろ……む、胸が」

「ん？　胸が何？」

「胸が、当たって」

「そりゃ当ててますから」

「な――」

「んなことどーでもいいから、それより遠野くん。今晩あたしと一緒に」

「何をいちゃついているのですかあなたたちは！　ここはわたしのお店ですよ！」

完全に脳がブルースクリーン状態になった僕と、そんな僕をからかい続ける嵐山さん。そしてすごい剣幕で叫ぶ月城さん。くそ……僕としたことが、こんな奴に女を感じてしまうなんて。

しかし後悔したところで平和は来ないのだから世は無常だ。

「何だよ月城ちゃん。そんなにキレちゃって」

「嵐山さん。遠野さんはただ今、勤務中なのです。うちの従業員にいかがわしいことをしないでください」

「ほおー。つまり翻訳すると『わたしの遠野くんに手を出すな』ってこと？」

「いいい言ってませんそんなこと！　誰がこんなムッツリスケベを！」

「月城さん。僕は今、ものすごく傷ついたことを宣言しておくぞ」

「いやあ言ってたね。顔と声と仕草とその他諸々の女性ホルモンが言っ——て、いやいやいやいやいや待って待ってタンマタンマ！　それはやばいって！」

嵐山さんが慌て始めたのも無理はない。月城さんは心の縄張りを侵略されたディンゴのごとき形相(ぎょうそう)で分厚い本を振り上げ始めたのだから。さすがの彼女も平謝りするが、月城さんの怒りは収まらず、本を片手に追い回し始めた。

「お待ちください！　話は終わっていませんよ！」

「にゃははは。さすがにその不幸はレベル高すぎっていうか、椿の病気も一発で治っちゃうというかー。ここは逃げさせてもらうよん」

狭い店内でどたばたと追いかけっこを始める女子大生二人。はあ、何やってるんだか。間の抜けた光景を見ながら、無理矢理ひと息つけた僕は、嵐山さんの台詞をヒントにはたと気づく。

そういえばあの樹は、幸せを吸収する相手を選んでいたのだろうか。椿さんと同室の患者は三人いたが、彼女らは不幸に見舞われてはいなかったようだ。それはつまり、それなりに幸せな人だけがターゲットになったということかもしれない。だとすると、同じく不幸に見舞われた僕は、そういうことなのか。

そして、同様の不幸に見舞われた月城さんも——。

「待ちなさい……ぜぇ、はぁ……ま、待って……けほけほ」

「いや月城ちゃん、体力なさすぎだから。店内を二周しただけでそれって」

四月の出口と、五月の入り口が見えてきた、さわやかな空の下。息のあがった月城さんと輝く笑みの嵐山さんを尻目に、光り輝く太陽の中、僕は季節の移ろいを感じていた。

第三話

願いのドリームキャッチャー

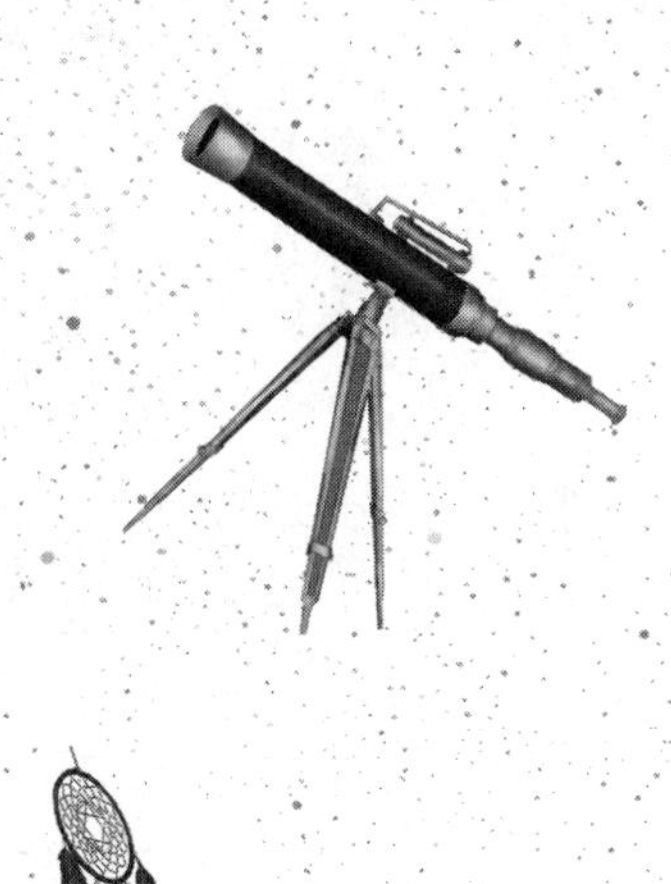

鍵束の封印を解いたせいか。あれ以来、昔のことを夢見るようになった。

内容はいたってシンプルだ。母さんがいて、父さんがいて、僕がいて。家族三人で平穏に過ごしている、何気ない記憶。しかし、それだけの日々に価値があると知った今は、その夢を尊いものだと思うことができていた。

夢の中で母さんは笑っていた。僕に対してもそうだし、父さんに対してもいつも笑顔を絶やさないでいる。もしかしたら僕の前だから笑顔でいることを意識していたのかもしれないが、だからといってそれが偽りとはもう思わなかった。きっと母さんは、そこに確かな幸せを見出していたのだから。

幸せな夢は突如として終わる。

場面は母さんが亡くなり、呆然としている間にお通夜が終わる景色へ。

……ここで夢はいつも途切れる。

真っ暗な闇が世界を覆う。暗闇にいる何かが問いかける。ここから先を知る勇気はあるかと。どういう意味だ？

景色はゆらぎ、薄く瞼を開く。泡沫のように、夢で見たすべてが弾けていく。カーテンの隙間より差しこむ朝の光が、僕の中の何かをうやむやにする。

「……ふう」

薄く長く、ため息に似た奇妙な感情が旅立っていった。

カレンダーは五月へと変わり、大学はゴールデンウィークというしばしの休みに突入した。

多くの学生はこのタイミングで旅行をしたり、サークル活動に精を出したりするのだが、魔法について知ったからと言っていきなり友達を作れたりするわけもない僕に、それらの予定があるはずもなく。休みの間は実家に帰り、父さんと普通に過ごすことにした。既に電話で話したが、母さんのことを直に話しておこうと思ったのも理由のひとつだ。

実家に帰った僕を、父さんは普段通り迎えてくれた。だけど母さんのことを話そうとすると目の色を変えた。父さんなりに思うことがあったのか……と思ったのも束の間。どうやらそうではなく。単に月城さんについて話したかっただけのようだ。何だよそれ。そういえば二人は一度会っていたなと思い出す。

話は月城さんについて終始した。魔法というものが存在して、彼女はそのエキスパートだと説明した。魔法に対して父さんは「そんなものがあるんだなぁ」と驚きながら、「それにしても綺麗な子だったなぁ」という台詞を数十回呟いていた。おいやめろ親父。呟きすぎだ。変な期待をするんじゃない。孫の話とかしなくていい。そんな展開にはならないからなときっぱり告げる。

そうしてどれくらいかした頃に、ぽつぽつと母さんの話を交わした。あれこれ言うのも何なので、もう大丈夫とだけ告げた。父さんは嬉しそうで、少し寂しそうだった。記憶の中で見た母さんは若くて、目の前の父さんはだいぶ老けていた。もう少し頻繁に帰ってきてもいいかと思った。

そうした時間を過ごしているうちに連休は過ぎ去り、再び日常が戻ってきた。休みが明けたからといって何が変わるわけでもない。いつも通りに孤独に授業を受け、いつも通りに放課後はアンティークショップを訪れた。そこでは当然とばかりに無表情な彼女が本を広げており、なぜだか笑いをこみあげさせた。

「暇だな、月城さん」

「そうですね、遠野さん」

とある日の午後。僕たちはそんな会話を交わしていた。

本日も店には客が来ておらず、外では学校帰りだろうか。小学生のきゃいきゃいとはしゃぐ声が弾けている。穏やかでのどかなまったりとした時間。だが、その裏で僕はある悩みを抱えていた。

嵐山さんの一件を解決して、はや十日ほどが経とうとしているが、その間特に魔法道具に関する依頼は来ていないのだ。というか僕の知る限り、アンティークショップとしてすら客が来ていない。この店の営業時間はそれはもういい加減なもので

「気が向いた時です」という適当っぷりだ。絶対儲かっていないと断言できる。そろそろバイト代を貰わないと色々苦しいんだが……。

しかしそれらを話し合えないある理由こそが、ここ最近、僕が抱えている悩みの本命だ。一体それが何なのかと言うと。

「なあ月城さん。あんたはこの連休、どこかに出かけたのか？」

「そうですね」

「月城さん。今日の地学は興味深い内容だった。あんたはどう思った？」

「そうですね」

「……月城さん。僕のバイト代なんだが、そろそろ貰えてもと思うんだが」

「そうですね」

「ぐ……そういえば父さんがあんたを僕の嫁にしたいと言っていたぞ。べつにそれも悪くないと思っていたりするのか？」

「絶対にそれだけは嫌ですね」

（くそ！　そうですね以外も言えるんじゃないか！）

怒りを脳内に散らし、ため息と同時に拳を緩める。

この通りだが、僕のここ最近の悩みとは、月城さんがやたら不機嫌というものだった。もう不機嫌なんてレベルじゃない。交尾中にオスを食らい尽くすメスカマキリのレベルだ。だけど僕に落ち度がなく、反省しようがないのだからどうしようもない。

というのも、月城さんが機嫌を悪くしている理由だが。

「おいーっす。元気してるかい二人ともー」

「いらっしゃ——何だ。またあんたか」

「いらっしゃいませ。またあなたですか」

「何だよ二人揃ってー。いいじゃんべつに。近いんだし」

酔っ払いのような挨拶で扉を開いたのは、同じ大学の同級生——嵐山さんだった。今日も陽気でハイな彼女は、当たり前のようにカウンター前の椅子に腰かけ、世間話を始める。

呪いの樹ならぬ幸せの樹事件を解決して以来、彼女はよく遊びに来ている。僕たちと違い交流の広い女性で、バイトやサークル（軽音だったか？）で忙しいはずだが、こうして時間を見つけては顔を覗かせるのだ。主に月城さんと何でもない話に花を咲かせるためである。それを前に、僕はうなだれる。もうおわかりかと思うが、この女こそ月城さん不機嫌案件の原因だからだ。

「そだそだ。今度さぁ、遠野くん家に泊まってもいい？」

「は？　何でだ」

「たまに友達と飲みすぎて終電逃すんだけどさー。大学の近くに宿泊先のアテがたくさんあるとたすかるんだよねぇ。いいでしょ？」

「絶対に断る。あんたみたいな女を部屋に入れるなんてごめんだな」

「えー何でさー。見られて困るものしかないだろー」

「その通りだ。だからこそお断りする」

「べつに気にしないのに。ねぇおねがーい。あたしはキミの友達1号だぞー」

「おいやめろ、くっつくんじゃない」

「くっついてんじゃなくて、ひっついてんの。頼むよトオえも～ん」

「何が違うんだそれは！　あと僕は未来の猫型ロボットじゃない！」

（くそ、またか。これが一番まずいってのに）

やたらスキンシップを取ってくる嵐山さんをあしらう一方で、予想通り、月城さんは不機嫌オーラを立ち昇らせる。

どうもあの「当ててます」事件以来、月城さんは僕と嵐山さんが仲良くしていると不機嫌になるのだ。具体的に言うと、僕たちが〝友達〟しているのが気に入らないらしい。嵐山さんが友達と言う度に、ぴくっと反応しているのが見てとれる。まあその理由はわからないでもない。僕も月城さんと嵐山さんが友達然(ぜん)しているのを見ると、複雑な気分になってしまうからな。なぜかについては考える必要が見当たらないが、とにかくここ最近はそんな状況が続いていた。

「うおっと、そろそろバイトの時間だ。二人とも、まったねー」

「まったく……嵐のような女だな」

引っかき回すだけ引っかき回して、嵐山さんは帰って行った。残された僕たちは、どうにも気まずい空気に包まれる。はあ……一体どうしたらいいんだか。僕に非がない以上、どうしようもないんだが。

そう思うも、それでも追い詰めてくるあたり、さすが氷の女だ。

「遠野さん。わたし思うのですが」

「ん、どうした」

「わたしのお笑いが不発に終わりがちなのは、受け手側の問題かと思うのです」

「はあ。随分と斬新な案だな」

「IQが20違えば会話が成立しないという説があります。つまりこれはわたしのIQが高すぎて、世の女性と会話が成り立っていない可能性を示しています」

「ありえないとまでは言わないが、それを大っぴらに言うのはやめておいた方がいいと思うぞ」

「実際にその説を、消しゴムを拾ってあげるついでに隣の席の女子に相談してみたら、すごく嫌そうな顔をされてしまって」

「実践済みだったのか……どうしてあんたは消しゴムを拾うついでに笑いを研究しようとするんだ」

「だって、それぐらいしか他人と関わる機会がないですから……まあその、結局何が言いたいかというとですね」

「ふむ」

「あれですよ。あの、だから遠野さんは駄目なんですよというお話です。はい、めでたしめでたし」

「ようし月城さん。まずは『だから』という単語の使い方について議論しようじゃないか」

ボケてるのか不機嫌なのか単純に喧嘩をふっかけられているのかよくわからない状況を前に、僕もムキになってしまい、結局その日はぎゃあぎゃあ言い合うだけの日となった。

「はあ……結局どうしたらいいんだ」

夕暮れの帰り道。見慣れた街を自転車で漕ぎながら悩むも、応えてくれる人はどこにもおらず。僕はひとり、うなだれるしかなかった。

そんなぼやけた日々に、次の事件は突如発生した。

「あいや～どうもどうも。突然失礼いたします～」

「は？」

その日は普通の水曜だった。普通でなかったのは、大学構内で珍しく月城さんに呼び止められ、レポート作成の件で図書館に寄るから、留守番をして欲しいと頼まれたことだ。わざわざあなたのために鍵を植木鉢の下に隠しておきましたと告げられ、だから何だと思うものの、面倒なので素直に頷き、客のいない店で留守番をしていたのだが。

こんな日に限って、珍しくお客さんがやってきたのだ。

「おやおや、あなたが遠野サマですねぇ。はじめましてはじめまして。いやぁお会いできて光栄ですよ～。よろしくよろしく」

「え、ああ、よろしく」

（何だこいつは。何で僕を知っている？）

その男は、ひとことで言うとめちゃくちゃ奇妙な奴だった。

服装は割と普通だ。背は僕より少し高いくらいで、フォーマルな格好に身を包んでいる。顔立ちや雰囲気から察するに、二十代前半くらいか。喋り方が少し耳につくが、一応の礼儀は整っており、特に不快感は抱かなかった。

だが、それでも奇妙と断言したのは、頭に被(かぶ)ったハットにまさかのネコミミが付いていたからだ。いい歳した大人（しかも男）がネコミミ。そう気づいた瞬間に、にこにこ笑う口元や、柔和な目元までもがうさんくさく見えてきた。とりあえず警戒したのも無理はないだろう。

その感覚は当たっていると、すぐに知る。

「ええと、どちら様でしょうか。というか、どうして僕のことを」

「おととすみません〜。申し遅れました。ワタクシはクロウリーと申します者です。〝魔法協会のクロウリー〟です。以後、お見知りおきくださいな」

（は？　魔法協会？）

予想していなかった単語に驚く僕に、クロウリーとやら（顔はどう見ても日本人）は名刺を差し出す。そこには『クロウリーです♪』という中々にふざけた自己紹介と携帯番号だけが記されていた。

「はいはいお任せください。もちろんちゃあんとご説明しますよ〜」

戸惑う雰囲気を察したのか、クロウリーとやらは説明を始めた。

その声はとてもにこやかで、だからこそ警戒させるに十分だった。

「えー、ご存知でないと思いますが、日本には『魔法協会』なる組織が存在するんですねぇ。どんなものかというと、簡単に言えばまだまだ未知の分野である魔法についで研究し、至らないながらも管理している団体とでも思ってくださいな。魔法は使いようによっては大変危険ですので、犯罪を防ぐためにもこういった組織が必要なんです〜。ちなみにワタクシはそこで幹部をやらせてもらっております。このお店『ポラリス』も魔法協会の許可を得て営業されておりまして、店主の環さんともそりゃもう旧知の仲でして。ハイ」

そう言いながら、彼はスマホを取り出し、画面を見せてきた。

そこには一枚の写真が映し出されており、写真でもネコミミハットのクロウリーと、その隣には確かに月城さんが映っていた。そして周りには数名の男女が一緒に映っており……何だこれは、どういうことだ。月城さんが他人と交流を持っているだと⁉　驚くべきはそこではないかもしれないが、失礼ながらそこに一番驚いていた。

まあそんな感想はさておき、これは何の集まりだろう。見る限り、どこかのお座敷で食事しているところを記念に撮ったようだが。というかその前に、魔法協会なんてものが本当に存在するのか？　写真を見る限り、月城さんと顔見知りなのは間違いないようだが……。

迷う僕を後押しするのは、他ならぬこの男だ。

「いやぁしかしアレですね〜。遠野サマ、あなたも毎日大変でしょう」

「ん？　どういうことだ」

「ここで働いておられるということは、環さんの助手ということでしょう？　いやはや、何ともお辛い立場だ」

「……それはどういう意味だ」

「だってあの環さんですよ～？　あの環さんの助手ということはつまり――」

「……………」

「あの壊滅的な笑いのセンスを毎日押し付けられているということでしょう？　ご苦労されている姿が目に浮かびます～」

「……わかってくれるのか。あんたいい奴だな！」

その瞬間、僕の中でクロウリーは、完全に信頼しても大丈夫な男に格上げされていた。薄情と思われるかもしれないが、仕方のない話だろう。

言っておくが僕は毎日、あの微塵もセンスのない、笑いなのか笑いじゃないのかよくわからないアレを処理させられているんだ。しかも批判すればこちらが悪いかのように「はい性差別。女性にユーモアのセンスがないと言いたげな顔でした。懲役十年」とか言うわがまま女だ。あの苦労を理解してくれる存在がいたなら、心許してしまうのも仕方がないと思うんだ。

手のひら返しとはまさにこのこと。僕はクロウリーと打ち解け、しばらくはたわいない世間話をした。いざ話してみるとクロウリーは中々に面白い奴だったのだ。

時間は飛ぶように過ぎていった。

しばらく経った頃。クロウリーは、ふと、こんなことを言う。

「いやぁ遠野サマ。あなたとても面白い人ですね〜。もっと色々お話ししたいところですが、日も暮れてきましたので、そろそろ本題に入りましょうか」

「本題？」

その言葉で、僕は目の前の男が魔法協会の者であることを思い出す。

「ああ、そうか。だが月城さんはまだ戻らないみたいだが」

「イエイエご心配なく。今日の用事は遠野サマを審査することですから」

「は？　審査？」

呆(ほう)ける僕を前に、クロウリーは説明する。

何でも魔法道具店の店員をはじめ、魔法に何らかの形で携(たずさ)わる者には必ず魔法協会からの適性審査が行われるそうだ。今回クロウリーは、店主の月城さんよりアルバイトを雇った報を受けてやってきたのだとか。

「今回の審査はこちらになります。ハイ〜」

「これは」

訊(たず)ねる間もなく、クロウリーはバッグよりある物を取り出す。紫色のビーズや糸、さらには青い鳥の羽根をあしらった、手のひらサイズの奇妙な小物。何だこれは。色合いのせいか、どうも不気味な雰囲気が漂っている。

「フフフ、ご存知でしょうか。これはドリームキャッチャーと呼ばれるものです。テレビで見たことくらいはおありではないですかね〜」

「ああ、知っているぞ。確か、いい夢を見るためのまじない道具だよな」

「その通り。アメリカ大陸における先住民たちの装飾品として、とても有名な代物(しろもの)ですねぇ〜。ハイ」

ドリームキャッチャー。何で見たかは思い出せないが、存在自体は知っている。

直径十センチほどのリングに、紐(ひも)を蜘蛛(くも)の巣状に張り巡らせ、あとは周囲に鳥の羽根をあしらったまじない道具。これを枕元に吊(つ)るせば、いい夢だけをキャッチしてくれるという代物だ。もちろん、あくまでそれは儀式的な意味合いのものであって、実際にいい夢を見られるわけではない。

とはいえ、この紫のドリームキャッチャーからは異様な雰囲気が漂っており、目の前の男は魔法協会を名乗る者。さすがの僕も気づく。

「これは魔法道具ということでいいのか」

「ハイな。仰(おっしゃ)る通り、こちらは通称〝願いのドリームキャッチャー〟。これを枕元に吊るして眠れば、夢の中であなたに相応(ふさわ)しい試練を授けてくれるのです。そして見事試練を乗り越えた暁(あかつき)には、どんな願いも叶(かな)えてもらえるという、夢のような力があるのです。今回はこれを審査に使いたいと思います～」

集中して聞く僕を前に、クロウリーはさらに続ける。

今日から寝る前に、これを枕元に吊るして欲しいこと。そして夢の中で試練を受けて欲しいこと。見事試練を乗り越えれば審査は完了。魔法道具を扱うに相応しい人材として、認められること。それらを説明する。

「願い事に関しては遠野サマが自由に決めてください。面倒を背負わせるせめてものお詫びです。ただ、ひとつだけお願いがあります。この審査に関しては、どうぞ環さんには内緒でお願いしたいのです」

「え――言ってはいけないのか？」

「これはそういう魔法道具なんです。人に話しては効果が薄れますし、何より環さんは魔法のエキスパート。疑うわけではないですが、彼女の助言なく達成して欲しいのです。どうか切にお願いいたします。ハイ～」

「そう、なのか」

それを聞いた時、僕の中に少しだけ疑念が湧いた。僕は魔法協会の存在を知らなかった。審査のことも聞いていなかった。月城さんはそれらを説明しておらず、その月城さんに内緒で審査をする。はっきり言って怪しすぎる。

だが、先ほど見た写真により、クロウリーは月城さんの知り合いであることが確定している。それに、この男は確かにうさんくさいが、悪人でないことは肌で感じ取れていた。小学生の頃、正しさにこだわり孤独になった僕は、そこを見抜くことだけは得意だった。ついでに言うと魔法に興味を持ち始めていたので、魔法道具による試練、さらにはどんな願いもといった要素が僕を魅惑していた。

気づけば自然と応えていた。

「わかった。いいだろう、やってみよう。だが、成功するにせよしないにせよ、終われば月城さんに話すからな」

「もちろんです。その際はワタクシも立ち会い、一緒にご報告しましょう。それまではどうか、本日ワタクシが来たことも内密にお願いしますー」

そう告げ、クロウリーは「それでは健闘を祈ります。きっといい結果が待っていますよー」と言い、帰って行った。後に残されるは僕と魔法道具のみ。紫色のそれを前に呟く。

「……大丈夫だよな。きっと」

自分に言い聞かせるよう囁いたそれは、誰もいない店内に虚ろに響いた。

魔法道具を受け取った日の夜。早速、それを使ってみることにした。月城さんに内緒なのは後ろめたいが、まあ今だけだと自分を納得させた。

夜中の午前一時。枕元にドリームキャッチャーを吊るし、ベッドに横になる。魔法道具が身近にあるという状況に、緊張して眠れない。

とはいえ、数十分もすればさすがに意識はまどろみ――。

(ん?)

夢の中。そこで僕は大学にいた。大きめの教室の、端っこの席に腰かけている。その感覚はやけにクリアでリアルに近かった。夢特有の曖昧さや支離滅裂さもなく、そのうえで夢の中とはっきり自覚できる状態。そんな中、衝撃的な展開が待ち受ける。

「こんにちは、遠野さん」

「は――月城さん?」

挨拶と共に僕の隣に座ったのは、まさかの月城さんだった。この時点で驚天動地だ。あの月城さんが僕と一緒に授業を受けるなんてありえなかったからだ。

しかもどういうことか、夢の中の彼女は大層雰囲気が違っており、具体的に言うとものすごく愛想がよかった。いつものあの「何ですかじろじろ見て。強姦罪ですね」という痛々しさがなく、こちらを見る瞳には慈愛と微笑みが混じっている。何事かと思うしかない。

そんな戸惑いはさらに加速する。

「今日の授業は終わりですね。それでは一緒に店に戻りましょう」

「誰も来なくて退屈ですね。ふふ、おかげで二人きりですが」

「そろそろ店を閉めようと思います。晩ご飯、今日も食べていきますよね」

(何だこれは……本気で何が起こっているんだ)

夢の中で一日が過ぎ、その中で見た、あまりにも優しすぎる月城さんに、言葉を失っていた。

にこにことした笑顔できらきらしていて、温和かつ柔和(にゅうわ)で、男心をくすぐるいじらしい台詞を連発する。おまけとばかりにボディタッチの連発。さらに信じられなかったのは、彼女がそこそこの笑いのセンスを保持していたことだ。晩ご飯を一緒に食べながら見るテレビに対して、的確にユーモアのあるツッコミを放っていた。

現実なら絶対にありえない景色だった。

そして、事態は信じられない展開へと進む。

晩ご飯を食べ終え、まったりしていた時間帯。手を握られたのが始まりだった。

「遠野さん。今夜もいいですか」

「は？　何が」

「言わせないで、いじわる……ね、早く行こ」

寝室を指さす月城さんの、とろんと蕩(とろ)けた瞳が僕を吸いこむ。赤く染まった頬が思考を奪い、握られる指先が心臓を掴む。甘い吐息が僕を惑わす。

いや、ちょ、待っ――。

「待ってくれ月城さん！　その、今日はダメなんだ！」

文字通り、まさに夢から醒めたというやつか。

とんでもないことが起こりそうなシチュエーションを前に、しかし僕はよくわからないことを叫びながら飛び起きるのだ。辺りは真っ暗な自分の部屋。どうやら真夜中だったようで、上階の先輩から「うるせぇぞ遠野！」と叫ばれる。すいませ――え、いや、今のは――。

「……どういうことだ？」

ふと視界に入ったドリームキャッチャーは何の変哲もなく、夜の部屋に佇んでいた。

そんな感じで、一日目はどの辺に試練の要素があったんだと思っている内に終わってしまった。だけど、ここで投げ出すのもと思った僕は、一応二日目の夜もドリームキャッチャーを吊るし、眠ってみた。言っておくが決して邪な目的ではない。建前ではなく本気で言っている。僕は月城さんに対してそういう願望を持っていないのだから。だが、二日目も内容はほぼ同じだった。

考えるだけで恥ずかしいが、夢の中での僕たちはまるで恋人同士だった。現実と違いものすごく優しい彼女は、常に男が喜びそうな言動を繰り返しており、まさに理想の女性。夜になると必ず寝室へと誘われる。そんな際どい夢のおかげで、寝ているはずなのに眠れていないような感覚が続いていた。

「遠野さん。随分と眠そうですね」

「え？　そ、そうか」

数日が過ぎ、どういうことだ、試練はいつ始まるんだと考えながら迎えた、ある日のバイト中。ふと月城さんがそう訊ねる。

店の中には僕と月城さんの二人しかおらず、相変わらず彼女の機嫌は悪い。一方で不意に昨晩の夢がリフレインしてしまい、僕は顔を熱くする。やめろ。違う。あれはただの夢であって。

戸惑う僕は、気分を落ち着けるためにこんな話題をぶつける。

「なあ月城さん。ひとつ頼みがあるんだが」

「何でしょうか」

「何だか無性にあんたのネタを聞きたい気分だ。とっておきを披露(ひろう)してくれ」

「っ、わたしのとっておきをですか」

「ああ。以前言っていたＩＱの話だが、一理あるような気がしてな。あんたの高度な笑いを理解してみたいんだ」

「いいでしょう。よい心がけだと思います。では『しりとり』についてお披露目しましょう」

「しりとり?」

「はい。もし友人同士でしりとりをする機会に恵まれたら、絶対に使うと決めているネタがあるんです。普通しりとりは、『り』から始めますよね」

「まあな」

「ですが、わたしはあえて『し』から始めようと思うのです。しりとりの『し』から、という具合です。まずここで意外性により、どっかんと笑いが起きます」

「………」

「しかもこのネタには続きがあります。『し』から始めるわたしですが、なんと『しりとり』と答えるのです。そうです。結局『り』になるのです。だったら『り』から始めればいいのに『し』から始める。この無意味さに気づいた時、再び場に大笑いが発生します」

「…………」

「以上、わたしのとっておきでした。いかがでしたか」

「うん。この鍾乳洞の奥に眠る地底湖へと浸る感覚。やはりこっちが本物だ」

官能的な夢のせいで茹だっていた頭だったが、月城さんのギャグを浴びたことで完璧な冷静さを取り戻した。間違いない、これが本物の月城さんだ。夢で見る大層センスのあるあっちは偽物だ。はっきりわかった。先ほどから月城さんが「な、何ですかその反応は、すごく腹が立つのですが……っ！」と言いながら僕の背中をぽかぽか叩いているが、放っておこう。それよりも今は考えるべきことがある。やはりこの件は月城さんに相談すべきなのか。あれからクロウリーは音沙汰なしだが、それだけでも……いやしかし。

考えるも答えは出ず、結局言い出せないまま日は暮れた。

帰り際。今日はいつにも増して不機嫌だった月城さんだが、最後の最後にこんなことを言い出す。

「遠野さん。こちらをお貸しします。どうぞ身につけておいてください」

「これはブレスレットか？」

「疲労回復の魔法道具です。寝不足のようですので、どうぞ」

「ああ、それは、どうも」

どういう風の吹きまわしか。一段と不機嫌だったはずの彼女だが、しかし帰ろうとする僕に、そんなものを託すのだ。そして「勘違いしないでください。一応雇用者として、従業員の健康管理も仕事だからです」と告げ、奥へと引っこむのだ。何いだか心配をかけてしまったようだ。機嫌が悪いなりに気を遣ってくれるとは優しい一面もあるじゃないか。そう感じたからこそ、こう考えてしまったのだろう。

（やはり月城さんに相談するのはナシだな。ひとりでしっかり試練をこなそう）

ブレスレットを右手にはめながら、脳内で呟く。後にして思えば、これがまずかった。思いがけなく気を遣われ、それに対し、心配をかけまいとしたことが裏目に出たのだから。

事態はここから予想外の方向へと動き出すのだ。


（あれ？）

その日の夜のことだ。僕は再びドリームキャッチャーの力で、夢の中にいたのだが。しかし今日はいつもと景色が違っており、そこは大学やポラリスではなく、僕が通っていた小学校が舞台だったのだ。

そうとわかった途端に、緊張が全身を伝う。本能的に身構えていた。何だ。何が起ころうとしている。教室にて佇みながら、何かを警戒した。

だが、心配は杞憂に終わる。

「おいーっす。今日も一日頑張るかぁ」

（え——嵐山さん？）

一体どういうことか。教室のドアを開けて入ってきたのは、まさかの嵐山さんだった。ランドセルを背負った幼い姿で、だけどショートカットに快活な顔立ちは、間違いなく彼女の幼い頃を思わせるものだった。気を削がれてしまう。

さらに、驚きはそれだけではない。

「おい、遠野。おまえ昨日の配信見たか？」

「あれやばかったよな！」

「あ、いや、ええと」

これまた何ということか。いつの間にか近くにいたクラスメートが、僕に普通に話しかけてくるのだ。まるで友達に接するような自然な態度で。

（何なんだこの夢は？）

記憶では、今僕に話しかけている奴は、弱い者いじめばかりしていた悪ガキだ。僕と常に対立しており、仲良くしていた思い出など微塵もない。にもかかわらず、そいつが普通に接してくる。混乱が止まらない。

たたみかけるよう、次なる困惑が僕を襲う。

「あれ？」

気づけば景色は教室から、見慣れた実家へと変わっていた。家具の配置が今とは違う、僕が小学生だった頃のリビング。そこにぽつんと立ちすくみ、そして。

「ハルくん。おかえりなさい」

「……母さん」

笑いかけるのは母さんだった。

和やかな笑みで迎えてくれる母さん。ベッドの上でもなく、薬を飲むでもなく、調子が悪そうでもない、元気そうな母さんがそこにいて。

「どうしたのハルくん、変な顔しちゃって。学校で何かあったの？」

「え、あ、その」

わけがわからないままに事態は進む。僕は完全にテンパっており、どうすればいいかわからなくなっていた。しかし母さんが構わず話しかけてくるので、とりあえず受け答えをする。すると、何だろう。次第にその空間に違和感がなくなっており、気づけば夢中で母さんと話していた。母さんはにこにこと笑顔で聞いてくれて、時には相槌を打ち、時には笑い、いつの間にか父さんも加わり、家族でたくさん話をした。たくさん、たくさん。

「……っ」

しばらくした頃に、僕は目を覚ました。辺りはまだ暗い時間。

暗闇の中、目をこらしてドリームキャッチャーを見つめる。

「これは――一体」

紫色のそれからは、得体の知れない何かを感じた。

後で振り返ればこの時、もう気づいていたのだと思う。何か変だと。試練なんてどこにもないと。月城さんに相談しなくてはと、頭のどこかではわかっていた。だが、できなかった。

夢の世界に行くと、そこに広がるは理想の小学生時代だ。誰かといがみ合うこともなく、何よりそこには母さんがいた。それだけで夢の世界に浸るには十分だった。いつしか眠りに就くのが楽しみになっており、できるだけ早く用事を済ませ、眠っていた。朝もぎりぎりまで粘り、一日の半分近くを寝て過ごすようになった。

それを疑問に思うこともなくなっていた。

眠って眠って眠って、幸せの中にいて。

ついに、その日が訪れる。

「え？」

とある日の夢の中でのことだ。その日も僕は幸せな世界で過ごしていたが、気づけば暗闇の中にいた。目覚めたわけではないと感覚でわかる。何が起きた？　そう思った矢先に、目の前に現れたのは母さんだった。

母さんは寂しそうに問いかける。

「ハルくん。あなたに選んで欲しいの」

「選ぶ？　何を」

問いかける僕の前に、母さんは透明なグラスを二つ差し出す。

そこには、やたら奇妙な色の飲み物が注がれていた。

「この青い水を飲めばハルくんは目を覚ますわ。だけど、もう二度とこの夢の世界に来ることはできないの」

「は？」

告げられるその台詞に、心臓が少し跳ねる。

来ることができないという響きが、それをより加速させる。

「でもね、ハルくん」

そのうえ、さらなる不安が投げかけられる。

「こっちの黒い水を飲めば、永遠にこの世界にいられるの。その代わり、二度と目覚めることはなくなるけどね」

「な――」

母さんのその台詞で、さすがに冷静になっていた。

ああ、やばい。これは絶対にやばい。夢から醒めるとはまさにこのこと。いや、厳密には醒めていないのだが。何にせよ今のでわかった。あの魔法道具は危険なものであると確信する。思えば不自然な点しかなかったんだ。

まず、クロウリーの存在が不自然。いじめがなく、誰かといがみ合うことのない世界も不自然。そして元気な母さんという点が何よりの不自然。どう考えても僕が望んだ――ひねくれた本心は絶対に認めようとしないが――しかし深層心理では求めてやまなかった景色が、ずっと繰り広げられていた。それはつまり、僕の心を蜘蛛の巣のように捕える罠が仕掛けられていたということだ。

そうなると、目の前の光景の意味も理解できる。

この夢の主と呼ぶべきものが存在するなら、頃合いと感じたのだろう。青い水で目覚めるか、黒い水で夢の中に居続けるか。何だか昔の映画で似たようなものを見た記憶がある。僕は今、瀬戸際に立たされ、選択を迫られているというわけだ。現実に戻るか戻らないかの選択を。

（ナメられたものだ。クロウリーめ、絶対許さないからな）

当然、僕は青い水に手を伸ばす。誰の悪意か知らないが、残念だったな。ここで黒を選ぶほど現実世界に絶望していない。頃合いでも何でもない。むしろ適度に楽しませてもらえてちょうどよかった。冷静な自分を褒めてやりながら、グラスを手に取る。何の躊躇いもなく飲み干して――やるはずだったのに。

「母さん……そんな顔をしないでくれ」

夢とはわかっている。なのに僕は、寂しそうな母さんを前に、動けなくなっていた。

母さんは切ない声で語り出す。

「ハルくん。ここは寂しい世界なの。真っ暗で誰もいなくて、そこに母さんはひとりぼっち。どこにも行けず、何にもなれない。寂しくて悲しくて辛いの。だけどハルくんがいれば耐えられるわ。お願い、ここに残って」

「馬鹿を言うな。おまえは偽物だろう」

目の前にいる母さんは、悪(あ)しき魔法道具が見せる幻惑(げんわく)だとわかっていた。わかっていたのに躊躇ってしまうのは魔法の力か、はたまた心の寂しさゆえか。

幻惑から逃れんと、何とか声を絞り出す。

「でも、だって、父さんがひとりになってしまう。置いては行けない」

「いいじゃない。父さんのことは放っておけば」

「な――」

その台詞は、母さんが偽物だと証明するに十分すぎた。ただでさえ偽と確信しているのに、さらなる証拠を積み重ねる行為だ。やはりあの魔法道具は危険なものだ。目の前にいるこれは敵なんだ。

そうわかっているのに。

「お願い、ハルくん。行かないで」

「……っ」

本当にどうしてかわからない。これだけ頭で、身体で、感情で、目の前のすべてがまやかしだとわかっているのに、動けないのだ。心だけはどうにもならないと今になって知る。ああ、やっぱり僕は寂しいのか。母さんがいなくて、母さんと話せなくて、ずっとあの日のことを後悔していたんだ。鍵束の力で母さんの愛は偽りでないことを知った。だからこそ僕は。

視界が歪む。景色が移ろう。学校が見える。幼い僕がクラスメートと仲良くしている。母さんと父さんが笑い合っている。望んだすべてが揃っている。信じられないことに、僕の心は容易く壊れた。

（べつにいいか。どうでも）

偽物とわかっていても、嘘だとわかっていても。それでも僕は、黒い水に手を伸ばしていた。どうでもいいと、そう呟きながら。

グラスを手に取る。黒い水が揺れる。

それを飲もうと口元へと運び——。

「——っ⁉」

右手が痺(しび)れた。グラスを持つ手首が痛みに襲われる。視線を向けると、ブレスレットが輝き、僕の心ごと絞めつけていた。やめろ、苦しい。慌(あわ)てて左手も黒い水のグラスに伸ばす。触れた瞬間、流れこむ。水に宿る邪悪な意思が、雪崩(なだれ)れこむ。

知らない景色が映った。誰かが死んでいた。首吊り死体だ。家族だろうか。死体を見て叫んでいる。許さないと声が聞こえる。どいつもこいつも不幸になれと憎しみが叫んでいる。何だこの景色は。何だこの力は。僕の左手にこんな力はない。心を読み取る力は僕じゃなくて、彼女の――。

「月城さん――」

ようやくその名を思い出せた。随分と久々に紡(つむ)いだその名前。夢の世界からいつの間にか消えていた彼女を呼ぶ。月城さん、あんたはいつもこんな思いをしているのか？　いつもこうして苦しんでいるのか？　誰もたすけてくれない世界で、これまでずっと。

「……帰らないと」

自然と、そう呟いていた。

母さんを模(かたど)るそれは、青ざめた顔で手を伸ばす。

「ハルくん、お願い。行かないで」

「だめだ。おまえは母さんじゃない。母さんは僕に手を振ってくれたんだ。これ以上、僕の思い出を穢（けが）すな！」

　呑まれてたまるか。こんな悪意に負けてたまるか。

　そうだ。色々あって忘れていたが、あのカタブツ女に言わなきゃいけないことがあったんだ。そもそも僕の方から、もうしばらく側にいたいと言ったんだ。あの時の月城さんの表情は忘れない。いつもは無表情なくせに、あの時だけは何かを期待する心を咲かせていた、あの顔を。

「月城さんに会わせろ——っ」

「遠野さん！」

　遥か頭上より声が聞こえる。光が見える。光の中より白く美しい手が差しのべられる。夢中で掴む。暗闇から、呪いの塊が追い縋（すが）るよう手を伸ばす。振り払うよう闇を蹴り、飛びあがった。

　意識が薄れ、光に包まれる。

　時は流れ、翌日のことだ。

　場所はいつものアンティークショップ。本日は日曜ということで、朝から店には僕と月城さん、そして嵐山さんが揃っていた。どうして嵐山さんまでいるのかというと、この場にいるもうひとりを懲（こ）らしめるためだ。

「あははは。いや～すみません。ちょっとしたイタズラだったんですが、大変なことになったようで、どうもすみませぎゃあああ！」

「っかしーな。これで関節を外してやれば、大の男でも泣き喚くってネットに書いてあったんだけど」

目の前で繰り広げられる景色に「はあ……」とため息が零れる。

さて現在、何が起こっているかというと、例の不審者ことクロウリーが、嵐山さんに実に見事な関節技をきめられていた。叫ぶ彼を見ながら僕は気まずく立ち尽くし、その傍らで月城さんは凍てついた目で成り行きを見守っている。なぜこうなっているかを説明すると、時間を昨日に遡る。

あの後、光に包まれた僕は、夢からの帰還に成功した。目覚めた僕が見たものは、いつもと変わらぬ自分の部屋。しかしそこには月城さんがおり、驚いたことに玄関近くには大家さんと上階の先輩までもが青ざめた顔で立ち尽くしていた。何だこの状況はと思う僕に説明してくれたのは、月城さんだ。

何でも先日貸してもらったブレスレットは、所有者が危機に瀕した際に効果を発揮し、対となるブレスレット（月城さんが所持していたらしい）に通知してくれる魔法道具だったらしく。

昨日、何と僕は夕方近くまで眠りこけていたようで、慌てて駆けつけてくれた月城さんによって救われたということだ。上階の先輩がいるのは、僕の悲鳴を聞きつけたことで、大家さんに鍵を開けるよう依頼してくれたからだ。悲鳴をあげた記憶など微塵もないが、それほどに危険な状態に陥っていたらしい。

というわけで、ああ、これはさすがに言い逃れ不可能だなと察した僕は、すべてを打ち明けた。大家さんと先輩にお礼を言い、彼らが帰った後に、氷の真顔で僕を責める月城さんに話したのだ。

まずは月城さんがいない間にクロウリーと名乗る人物が来たこと。次に、ドリームキャッチャーを預かったこと。そして、魔法協会の審査を受けることになったこと。それらすべてを、できるだけ僕に怒りの矛先が向かわないよう、いかにも被害者面してあの手この手で語ったのだ。誰だって自分の身はかわいいものだ。が、その甲斐も虚しく。

月城さんは大きな――本当に大きなため息を吐いたかと思うと、ドリームキャッチャーをもぎ取って、「明日の朝に店に来てください」とだけ告げて帰って行った。その背中からはかつてないほどの怒りオーラが立ち昇っており、さすがの僕もやってしまったとうなだれた。

そうして夜が明けた現在。僕と、月城さんに協力要請された嵐山さんが店に集合し、こちらも月城さんに呼び出されたクロウリーを出迎え、とりあえず挨拶がてらに締めあげているというわけだ。

「さて、では無知でお馬鹿な遠野さんのために、今回の件を説明しましょう」

「ぐ……」

月城さんは怒りのオーラを隠そうともせず、説明を始める。

「まずこちらの魔法道具についてですが、昨晩、わたしの方で調べましたところ、大変危険なものであると判明しました」

「危険なもの？」

訊ねる嵐山さんに、月城さんは頷く。

「はい。どうやらこれは、現実に絶望し、自殺してしまった人の心より生まれた魔法道具のようです。彼には妻子がいたようですが、夫婦喧嘩をこじらせた結果、別れることとなり、精神的に追い詰められたことで首を吊ったようです。その際にこのドリームキャッチャーに触れ、魔法道具が生まれたわけです」

凄惨（せいさん）な説明を前に、店内が静まり返る。

「ドリームキャッチャーとは、アメリカ大陸における先住民の装飾品として有名なものです。おまじないであったり、儀式であったり、そういったものに使われてきました。現在ではそこまで本格的な意味合いを持たず、いい夢を見られるまじないグッズとしての扱いがほとんどです。宝船や七福神（しちふくじん）の絵を枕にしのばせる習慣と似ていますね。ここで重要なのは、そういったまじない的なものに縋るほどにその人は追い詰められ、結局救われなかったということです。その結果、まじないの効果が転じてしまったのでしょう」

「転じる？　どういうことだ、それは」

「まじない系の小道具が魔法道具になる際は、このパターンがほとんどです。幸運を期待して買ったパワーストーンに効果がなく、逆恨み(さかうら)が生まれた結果、負の思いがパワーストーンに宿り、不幸を呼ぶ魔法道具となるのです。今回もそれと同様に、負の感情が勝った結果、いい夢をキャッチするのではなく、むしろ逆。夢の中に主の心を閉じこめ、食らい尽くさんとする魔法道具となっていたようです。現実に絶望し、死を選ばざるを得なかった無念さゆえに、無差別に人を襲う呪いの道具が生まれたのです」

「…………」

聞けば聞くほどぞっとする説明に声も出ない。だが、確かに言われてみればその通りだった。

最初は恋人のように振る舞う月城さんで誘惑し、僕の心を夢に向けた。そして頃合いを見て、望んだ景色や母さんを模る(かたど)ことで心をとらえた。黒い水を飲んでいたら僕はきっと。まさに呪いと呼ぶに相応しい魔法道具だ。

「そんで、月城ちゃん。このネコミミ野郎は結局、誰なの？」

「ハイハイ、申し遅れました。ワタクシはんぎゃあああ！」

「えー何勝手に喋ってんのこいつ。あたしは月城ちゃんに訊いてるんだけど」

相も変わらずクロウリーを締め続ける嵐山さん。

彼女の問いに、月城さんは呆れた目で応える。

「こちらの方は、通称クロウリーさんです。もちろん偽名ですが、簡単に言えば魔法協会におけるブローカーのようなものでしょうか」

「ブローカー？　ちょっとムッツリスケベくん。ブローカーって何さ」

「誰がスケベだ。ブローカーは仲介人を指す言葉だ。手数料を支払う代わりに、業務の一部を委託するんだが――え、ちょっと待ってくれ。僕は魔法協会の幹部と聞いていたんだが」

「……まあ幹部のような立ち位置ではありますが、べつに敬うような相手ではありません。大した組織ではありませんので。あと、審査といったものも存在しません。そもそも遠野さんを雇ったことは誰にも言っていないのですから」

呆ける僕に、月城さんはさらなる説明をした。

魔法協会とは、魔法を管理するために作られた団体であり、実在していること。

しかし実態は、有志によって作られただけの小さな組合でしかないこと。安全な魔法道具のレンタルを行っており、月城さんが持っている魔法道具はそれに該当すること。そして何より、魔法道具の高価買い取りを行っているので、それゆえにブローカーのクロウリーとは既知の仲であること。

なるほど。この店がどうやって経営されているのか謎だったが、そういうことだったのか。どうやら依頼者より譲り受けた魔法道具を協会に売り払うことで、稼ぎを出していたようだ。例のスマホの写真も、年に一度、全国の魔法関係者が集まる際に撮ったものだそうだ。月城さんは嫌々参加しているらしく、べつに彼らとは仲良しでも何でもないとのこと。嫌々というのが、まさに月城さんらしかった。

などなど、それらの説明により、大体のことは理解できた。魔法には魔法の社会があるということか。しかしまだ、肝心のことが明かされていなかった。

月城さんも同じ考えのようで、僕に代わって訊ねる。

「それで、なぜこのようなことを行ったのですか。危険な魔法道具を素人に使わせるなど、さすがに見逃せません。理由次第ではあなたを全裸にひん剝き、ユーチューバーデビューさせますからね」

「月城さん。それはさすがに犯罪だと思うぞ」

「あははは。相変わらず気が強いですねぇ、環さんは。いやいや、たいした理由ではありませんよ～。あなたは何と言ってもあの偉大な魔法使い、カナエ様のお孫さんですから。そのあなたが助手を雇ったニュースは、勝手に広まるものなのです。それでまあ、ちょいと助手さんの実力を試しに来たわけでして、ハイ」

責められているとは思えないほどの飄々とした態度で、クロウリーはそう言った。当事者としては笑えないが、今の説明で気になることがあった。偉大な魔法使いの孫と言っていたが、それって――。

「イヤしかし、いざとなったらたすけに入る予定でしたよ。ワタクシはこう見えて月城さんと並ぶ優秀な魔法使いですので。当然、助手さんのピンチには命を懸けて馳せ参じるつもりでした。その必要はありませんでしたが」

「何か嘘くせぇな。ホントのこと喋ろうぜ、おい」

「ぎゃあああああ！　おたすけを～～～！」

嵐山さんが再び関節技をかけて、クロウリーは悲鳴をあげる。それを見て、本日何度目だろうか。月城さんはまたもやため息を吐き、僕に向き直る。そして珍しく――本当に彼女にしては珍しく、素直に告げるのだ。

「遠野さん、この度は申し訳ありませんでした。面倒をかけてしまって」

「あ、いや、気にするな。僕の方も報告をせずすまなかった」

「そうですね。そこはしっかり反省してください」

「う……」

珍しく素直かと思いきや、がっつり釘を刺してくるあたりに、この女らしさを感じる。だが、それはそれで僕を日常に戻してくれるものだった。ようやく地に足がついた感覚だった。

といった感じで、今回の件はこれにて一応の決着となった。

クロウリーには月城さんが「もうしません」と一筆書かせ、さらには僕を雇う以前に手に入れたのだろう。店の奥より引っ張り出してきた魔法道具を超高額にて買い取らせることで、終幕となった。査定の途中でクロウリーが「そういえば環さんの大学にミステリーハンターの噂を流しておきましたよ。いかがです、商売繁盛しましたか～？」などと言い出すので、再び嵐山さんが関節技をきめることになった。あんたが発生源だったのか……。

そうしたやりとりが終わり、そろそろお帰りいただこうかという頃に。

最後の最後に、クロウリーはさらなる爆弾を残していく。

「さてさて、それではワタクシはこの辺で帰らせていただきます。遠野サマ、この度は本当にすみませんでした～」

「はあ……まあ僕も勉強になったよ。次からは絶対ナシだからな」

「モチロンです。本当に申し訳ありませんでした。ですが、それでも覚えておいてください。ワタクシが何もせずとも、きっとまた、誰かが同じことをするということを」

「え」

唐突に放たれたその台詞。彼の飄々とした声は、しかし心臓を突き破る冷たさを纏っていた。強気な月城さんが、思わず押し黙るほどだ。クロウリーのにこやかな瞳が、僕の内側を貫く。

「遠野サマ。仕掛けたワタクシが言うのも何ですが、あなたはまだまだ魔法について知らなくてはならない。左手をお貸し願えますか」

「っ、それは」

応える前に、左手を握られる。

月城さんが何か言おうとするも、その前に彼が呟く。

「やはり、なるほど、そういうことでしたか」

「うん？　どゆこと」

僕の魔法については知らない嵐山さんがぽかんとするも、それをよそにクロウリーは続ける。

「『思い出の鍵束』『幸せの樹』、随分とイイものを見てきたようだ。でもお忘れなさい。魔法は呪いです。不完全な心が生み出す苦しみの塊です。魔法は人の死に際した時こそ生まれやすく、縛り、呪うのです。優れた魔法使いとは、それだけ非業の死に触れてきたのです。あなたのご主人もしかり。覚悟はおありですか？　ここから先を知る覚悟が」

「っ」

思わず僕は月城さんを見た。彼女は何も言わず、目を閉じていた。

今のは、どういう——。

「さてさて、それではまたお会いしましょう。さようなら～」

それを訊ねる前にクロウリーは帰ってしまう。訊ねる相手のいなくなった僕は、立ち尽くす。月城さんも同様だ。

そんな僕たちを見て、嵐山さんは何を勘違いしたのか。「それじゃ、あとは若いお二人で」と告げたかと思うと、「遠野くん、ここは男を見せるチャンスだぜ。はぁーあたしってばホント気が遣える女」と耳打ちして帰って行った。おい、何を言ってる。どこをどう見たらそんな解釈になるんだ。そう憤(いきどお)るも時既に遅し。僕と月城さんは二人きりとなり、気まずい空気が流れてしまう。何だこれは。どうしたらいいんだ。思わず挙動不審(きょどうふしん)に瞬(まばた)きを増やしてしまう。

悩む僕を前に、沈黙を破ったのは月城さんの方だった。

「遠野さん。しりとりを始めます」

「は？」

意味不明なことを言い出す彼女に、変な声が出る。

「遠野さんにまつわる単語限定でしりとりを始めます。『お馬鹿』」

「ぐ……悪かったよ今回のことは。ええと『髪が黒い』」

「『まぬけ』」

「おい！」

「『け』ですよ。遠野さん」

「いや……ええい、『健康』だ。『う』だぞ」

「『童貞』」

「『う』だと言ってるだろう！」

「『包茎』」

「な、ちょ」

「『矮小』」

「ま――」

「『粗ちん』。おや、『ん』で終わってしまいましたね。遠野さんの負けです」

「よし、とりあえずしりとりのルールについて話し合おうか」

叫ぶ僕に、月城さんは「ふん」と生意気に鼻を鳴らす。ただ、それは怒っている

というより、気まずい空気を払わんとするそれに見えた。おかげで僕も冷静になれ

た。

訊きたいことはたくさんある。昨日今日だけで、随分と魔法に対する認識を変えさせられたのだから。

僕は魔法を価値あるものと思っていた。現に鍵束も幸せの樹も、僕たちを救ってくれたのだ。だが、魔法は呪いとクロウリーは言った。月城さんは言い返さなかった。優れた魔法使いは非業の死に触れてきたとも。それが示すものは。

（………）

わからない。残念ながら、何もわからなかった。彼女が何を考えているかわからず、今の彼女に何と言えばいいかもわかるはずがなかった。だが、それでもひとつだけわかることがあるとすれば、それは。

晩春の日差しが日曜の午前を眩く彩る。ぽかぽかとした陽気が優しく包む。

光に溶かすよう、彼女に告げた。

「実はな、夢の中では最初、あんたが頻繁に出てきていたんだ」

「そうですか。さぞかし居心地のいい夢だったようですね。夢の中でわたしは一体何をされたのでしょう」

「ああ。夢の中のあんたは大層愛想が良くてな。本気で恋人にしたいと思ったほどだ」

「んな……っ！」

月城さんが顔を赤くし、似合わぬ奇声をあげる。

お構いなしに僕は続ける。

「だがしかしだ。今思えば夢の中の僕はどうかしていたな。あんなニコニコしているだけの相手に興味はない。楽しくはあったが薄味すぎた。そういう意味では、その、あれだ。仲直りするために笑い話を提供してくる奴の方が、面白みがあると思うな。ＩＱの話題が適切とは思わないが」

「あ、あれは、その」

赤面する月城さんが何かを言おうとする。

その隙を与えず、負けず劣らずの赤面具合で何とか告げる。

「まあ結局、何が言いたいかというと、たすけてくれて感謝しているんだ。だからと言うわけじゃないが、その、嵐山さんには悪いが、僕は友達1号の席を空けておこうと思うんだ。何でとかそういう理由は特にないが、それを言っておきたかったんだ。それだけだ」

「……っ」

顔が熱い。背中の汗がすごいことになってきた。今だけは絶対に左手で誰かに触れることをしないと神に誓う。心臓が破裂するだろうからな。

　それでも、触れずとも伝わる相手はいるものだ。

「そうですか。まあわたしも嵐山さんには悪いですが、い、1号を空けておくつもりでした」

「そうなのか」

「ええ、そうなんです」

　どうしてとは訊かなかった。訊いたら最後、ブーメランに刺殺されるからだ。心臓から血を垂れ流している自分を想像しながらも、夢より戻ってこられてよかったと思えたのはなぜだろうか。

「さ、さて。じゃあ今日も一日、バイトを頑張るか」

「そうですね。どうせ誰も来ませんけど」

「わからんぞ。よく考えれば、僕と嵐山さんがこの店を知ったのはクロウリーのおかげだ。次なる客が来る可能性は高い」

「それなんですが、どうしてわたしがミステリーハンターなんですか。本当にいい加減な人なんですから」

　彼女の愚痴を聞きながら、窓の外を見上げる。雲ひとつない空は高く広く、飛び立てそうなほどにさわやかに見えた。気づくと、あれだけ重苦しかった空気は、どこかへ流れてしまっていた。ようやく平和が戻ってきた気がした。

いつもの場所でいつも通りに本を読もうとする彼女の斜め後ろ。いつもの定位置で、僕は青い日常を飲み干した。

だがこの時、やはり僕は油断していたのかもしれない。魔法の存在について、もっと深く考えなくてはならなかったのかもしれない。

数日後の、春も終わるかという五月の下旬に、僕はふとした事件から月城さんの過去に触れることになるのだ。そしてそこで、魔法について——さらにはこの先を知る覚悟を問われるのだ。

魔法は呪い。不完全な心が生み出す苦しみの塊。

僕は、世界の真実に触れることとなる。

第四話
死者の歩く街

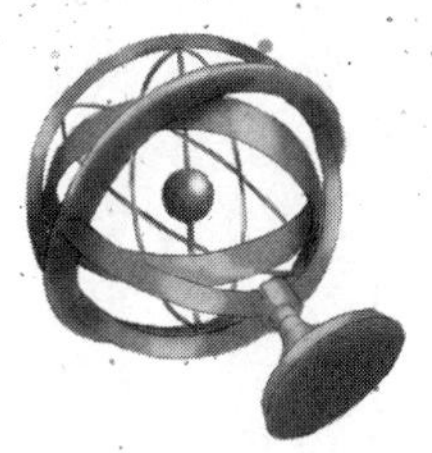

どことなく違和感が街に散らばっていると感じたのは、五月も残り僅かとなった頃だった。

何がと問われると正直ピンと来ないのだが、だけど確かにこの時期を境に僕は奇妙なものを目にするようになっていた。

たとえば大学への近道となる路地裏を歩いていたら、随分と古風な——それでいてコスプレというにはしっくりきすぎている着物姿の女性を目にしたり、公園のベンチでこれまた大正あたりを思わせる坊主頭の男児が足をぴょこぴょこさせて遊んでいるのを見つけたりと。ありえないと呼ぶほどでもないが、何となく視界に違和感の残る風景が見てとれる日々が続いたのだ。

「ん、あんた誰?」

「え?」

その日はバイトのためにいつも通りポラリスへと来て扉を開こうとしたのだが、背後より小学生くらいの女の子に突如呼び止められる。その子も古風な格好をしており、色あせたワンピース姿に、いかにもなおかっぱヘアをしていた。平べったい棒付きキャンディーが印象的だった。

「僕はこの店のアルバイトだ。キミはお客さんか?」

「客? まあ客と言えば客だけど。ふうん、バイトねぇ」

「何だその答えは。言っておくが、この店には趣味の悪い骨董と無愛想な店主しかいないぞ」

「ふうん、そう。キミがバイト君かあ」

「……何なんだ一体」

「いやぁべつにぃ。ただ、髪を染めるでもなく、オシャレするでもなく、もうちょっと時代に乗れないのかと思ってねぇ」

「その出で立ちでよく言えるな」

「そんなんだからこの歳になっても——まあここから先は言わないけど。ぷはぁ」

「キャンディーをタバコに見立てて人を小馬鹿にするんじゃない」

「しゃーない。あたしが一発キミを男にしてやるか」

「僕をロリコン罪で逮捕させる気か」

「もしもし警察ですか。女性用下着を五十枚ほど被った男が目の前にいまして」

「キャンディーを電話に見立てて通報する真似をやめろ。その通報文句は流行ってるのか？」

「きゃははは。まったねーお兄さん」

意味不明としか言いようのない会話を交わし、キャンディー少女はどこかに駆けて行った。何なんだ今のは。わけがわからん。大体今は平日の二時過ぎで、まだ学校があるだろうに。日本の教育はどうなっているんだか。

　そう嘆くも、何がどうなるわけもなく、結局その日もいつも通りの位置で読書に勤しむ月城さんを眺める一日を過ごした。あまりにも暇なので、ここ最近見かけるレトロな人々について話してみた。すると月城さんも同じものを見かけていたらしい。

「そういえば時折そういった方をお見かけしますね」

「さっきも店の前に変なガキがいたぞ」

「それは知りませんけど、そういった格好が流行っているのでしょう」

「そういうものか」

　特に弾むこともなく会話が終了する。まあそうだな。そういうファッションじゃなければ何だという話になるからな。なので僕もそれ以上は考えず、忘れることにする。

　この会話がきっかけになったのかそうでないのか、まあおそらく関係ないのだろうが、月城さんは突如こんなことを言い始める。

「ところで遠野さん。今の話で思い出したのですが」

「ん、何だ」

「以前あなたがわたしにセクハラしたことを覚えておいでですか」

「そんな記憶は微塵もないが、今の話とどう関係するのかを教えてくれ」

今日も月城さんはすっとぼけたことを言い始める。

「鍵束について調査していた時のことです。あなたはわたしに『胸の割に気は小さい』と仰っていましたね」

「言ったか、そんなこと」

「言ったんです。ちゃんと覚えています」

「そうか、なら悪かった、ただの冗談だ。だが何で急にそれを」

「はい。昨日の夜にふと思い出しまして。確かにセクハラ発言でしたが、実はわたしはそれを聞いて『うまい』と思っていたんです。中々のセンスでした」

「なぜだろう。あんたに褒められるとものすごく不安になってくる」

「自信を持つべきかと。そこでわたしは気づいたのです。今後は美しい顔ではなく、この胸の大きさを笑いに活用すべきではないかと」

「なぜ月城さんはそんな無謀なことを思いついてしまうのだろう」

「この胸は重いだけでコンプレックスだったのですが、もし笑いに変えられるなら、克服という意味もこめて一石二鳥の案となるわけです」

「やめておくんだ。その石では気持ち悪いぬめぬめした鳥しか獲れなさそうだ」

「というわけで、本日は胸を題材にした鉄板ネタを提案し合おうと思います」

「もう一度言うぞ。やめておけ。その鉄板は錆だらけの可能性が大いにあって」

「つきましてはまず、わたしの考えた渾身のネタですが――」

「とりあえずあんたに僕の話を聞く気がないのはよくわかった」

深いため息を送り出す。この会話だけでいかに僕たちが暇であるかがよくわかる。バイトと言いながら働くでもなく、朝から晩までこんなことを繰り返しているから月城さんのセンスが地に埋もれていくのだろう。

結局この日もそんなやりとりに終始し、何かを得ることもなく一日を終えていた。退屈で平凡な、それでいて悪くない日々と自覚できたのは、貴重なことだったのかもしれない。なぜならこの時、既に僕たちの知らないところで事件は始まっていたのだから。

それを知るのは数日後の日曜のことだった。


「こんにちはー」

「――え」

六月も目前となり、かといって特に雨が降る気配など微塵もなく、柔らかな風と日差しが時の流れをゆるやかにしていたまどろみの午後に。その人は、透き通る声と笑顔で現れた。

「い、泉水さん、ですか？」

「ぴんぽーん。久しぶりだね、環ちゃん」

（何だ、知り合いか？）

珍しく椅子から立ちあがり、驚愕の表情を模る月城さんと、それを受け止めながら、入口より笑顔で歩み寄るひとりの女性。知り合いであるらしい二人は、僕をよそに挨拶を交わす。

「ふふふ、環ちゃん大人っぽくなったね。元気にしてる？」

「え、あ、はい。おかげさまで。えと、泉水さんはお変わりなく――というか、えっと、この子は」

「息子の恭平です。半年前に生まれたばかりなんだ」

「そうだったんですか、おめでとうございます」

いつになくあわあわと振る舞うレアな月城さんの前で、泉水と呼ばれる女性は、まさに母と呼ぶべき柔らかさで微笑んだ。

歳は三十半ばといったところか。長い髪を一部後ろで纏めた彼女は、随分と美人というか、穏やかな顔立ちをしていた。優し気な目元に、控え目な雰囲気の口元。すっと耳にすべりこむ温和な声や、ベビーカーの中ですやすやと眠る、まだ頭髪の少ない赤ちゃんが、より彼女の雰囲気を慈しむべきものとしている。そんな温かな見た目通りと呼ぶべきか、それとも意外にと言うべきか、どうやらその性格も中々に楽し気な人のようで。

「それで環ちゃん。こちらの男性はどなたなの？　紹介してもらえる？」

「あ、はい。この人は遠野晴貴さん。見ての通りのムッツリスケベですので、あまり近づかないようお気を付けください」

「なんて紹介の仕方だ。やめろ。僕は普通のアルバイトで――」

「はじめまして遠野さん。泉水佐和です。あまり近づかないようお願いね」

「うおい！」

「うふふ。冗談だよ。あははは」

出会い頭にいいパンチを放つ泉水さんは、月城さんと違ってコミュニケーション能力が達者でつきあいやすい人だった。僕も大概人づきあいに難を抱える男だが、そんな僕とも打ち解けるのにそう時間はかからなかった。

「牧師ですか？　牧師って教会にいる、あの」

「うん。神学部を卒業してからはずっと牧師をやってるの。ここから数駅離れたところに教会があってね。お父さんも牧師だったから、その影響で」

「以前漫画で読んだんですが、懺悔室って本当にあるんですか」

「あー、うちはプロテスタントだからないかなぁ。まあ必要な人がいれば、給湯室あたりでそれっぽいことはするけどね」

「割と適当ですね」

「ふふふ。案外どこもそんなものだよ。遠野くんも懺悔してみる？」

「生憎、僕は懺悔することなどないので」

「なるほど。モテない自分を懺悔したいと」

「なぜ世の女性は僕をモテないと決めつけるのですか」

「顔です」

「月城さん。少し黙っていてもらえるか」

「ううん、この顔じゃ無理かなぁ。かわいい顔してるけど、目つきが邪悪だもの。残念、救済はあきらめて」

「神はいないのか……」

そう僕をからかいつつも、ほど良く打ち解けたところで泉水さんは色々と説明してくれた。

「牧師と言っても小さい教会だからね。ほとんどわたしと夫で運営してるんだ。今はわたしが育児で休職してるから、夫は忙しいみたい」

「泉水さんは祖母の代から、この店とおつきあいがあるんです。教会に寄せられる悩みの内、魔法道具が絡んでいると思しきものを対象に、依頼人を紹介していただいていて」

椅子に腰かける泉水さんと、紅茶を淹(い)れる月城さんの会話で、この店との関係が何となく見えてきた。

泉水さんは幼い頃、先代店主である月城さんの祖母によって、何か悩みを解決してもらったらしい。その際に魔法について知り、以後、この店との交流を保ち続けたのだとか。そして牧師となった後も依頼人を紹介する形で関わり続け、月城さんにとっては〝教会のお姉さん〟といった存在のようだ。月城さんの祖母が亡くなった後も関係は続いたが、最近は結婚や出産を理由に疎遠(そえん)になっていたとのことだ。

「妊娠したのが一年半くらい前で、結婚したのが三年前だから……環ちゃんとは四年ぶりくらいになるのかな。ごめんね、顔も出せず電話もしなくて」

「いいんです。お忙しかったでしょうから。来ていただけて嬉しいです」

「ふふふ。そんなこと言われたらお姉ちゃん、調子に乗っちゃうよ。あ、もうお姉ちゃんて歳でもないか」

「そんなことないです。お姉ちゃんは、ずっとわたしのお姉ちゃんですから」

まさに仲睦(なかむつ)まじき姉妹のような会話を聞きながら、僕が注目していたのは泉水さんではなく月城さんだ。無愛想無遠慮を地で行く彼女とは思えないほどに、今日の月城さんは生き生きしている。声をあげて笑うとかそういったことはないが、楚々(そそ)

とした振る舞いの中にも、隠しきれない喜びが見てとれる。お世辞でなく、本当に月城さんにとっては心を許せるお姉さん的存在らしい。

ただ、久しぶりすぎたせいか少しあがっているようで、珍しく紅茶の分量を間違えて淹れる羽目になっていた。「環ちゃん、焦らなくていいよ」と笑う泉水さんに、「す、すみません」と、赤面した表情で応える月城さん。こんな一面もあるのかと知ると同時に、失敗した紅茶を悪びれる様子もなく僕の前に差し出すあたりに、とりあえずそのでかい乳を箒で突いてやろうかと思わせてくれるも、そうせずに済んだのは、泉水さんがこんなことを言い出したからだ。

「それでね、今日来たのは、お願いしたいことがあるからなの」

「それは依頼人の紹介という意味でしょうか」

「うーん、依頼人というより、教会に寄せられた相談をわたしがまとめて環ちゃんに依頼するって感じかな」

ベビーカーの中で眠りこける恭平ちゃんの汗を拭きながら、泉水さんは語る。

「ここ最近ね、しょっちゅう似たような声が寄せられるの。『死んだ人が蘇っている』という声が」

「「え」」

その台詞に、さすがに僕と月城さんの声が重なる。

「最初は一ヶ月くらい前だったかな。信者さんのひとりが『死んだはずの飼い猫を窓の外で見かけた』って話をしてくれたの。その時は深く考えず、会いに来てくれたのならすてきですねと話すだけに留まったんだけど……どうやらそれは見間違いじゃなかったらしくてね」

「似たような声が他からも寄せられたと」

「うん。直接会話したとかそういうのはないんだけど、死んだはずの旦那さんを街で見かけたとか、道端ですれ違った人が曾祖父に瓜二つだったとか、そんな声がたくさん。偶然と呼ぶには不自然でしょう？」

「そういえば最近、古臭い格好の人を見かけるが、もしかして」

「魔法道具が絡んでいる可能性は大いにありますね。それで泉水さん、信者の方たちはどうして欲しいと仰っているのですか」

「それがね、特に何をしてとは言われてないの。見間違いかもしれないけど、久しぶりに夫の横顔を見られてよかったわぁとか、死んだ飼い猫の鳴き声を久々に聞けて嬉しかったねぇといった声がほとんどなの。でも、何となくすっきりしないでしょう？　それでここに来たの」

泉水さんの台詞に、僕も頷く。死んだはずの命が闊歩する街なんて「まあいいか」で済ますわけにもいかないのは事実だ。早めに動いておくに越したことはないだろう。

　ここで突如声をあげたのは恭平ちゃんだった。目覚めた所が見知らぬ場所だったので不安になったらしい。あまりにも大声で泣き喚くので、僕たちは魔法トークどころではなく、あやしたり抱っこしたりドタバタする羽目に。そうする内にいつの間にか日は暮れ、泉水さんは帰宅することとなった。この頃にはひたすら抱っこさせられた僕は、くたくただった。

「それじゃあ環ちゃん、あとはよろしくね。手伝えることがあったら何でも言って。遠野くんも今日はありがとう。アルバイト、頑張ってね」

「はい。何かわかりましたらご連絡します。泉水さん」

「はあ……頑張ります」

　最後の最後まで優しい笑みを携え、泉水さんはベビーカーを押して帰って行った。彼女を見送りながら思うのは、ようやく帰ってくれたのひと言だ。まさか赤ちゃんの相手をするのがこんなに重労働とは……男だからという理由でひたすら抱っこさせられたが、僕にそんな体力があると思うなよ……ぜぇぜぇ。

　一方で、月城さんはいつになくやる気十分な顔をしていた。

「それでは明日より早速調査を始めます。遠野さん、講義が終わり次第、すぐに店に来てくださいよ」

「随分とやる気だな。どうした急に」

「泉水さんはわたしが子供の頃からよくしてくださった方なんです。その泉水さんが頼ってくださる以上、絶対に結果を出したいのです。蟻ほどの微力とわかっていても、遠野さんにもご協力いただきます」

「そうか。あんたの気合いと僕への期待の無さはよくわかった。だが生憎なことに月曜は五限まで講義が入っているから無理なんだ」

「大丈夫です。わたしは三限で終わりですので、三限が終わり次第、一緒に調査に行きましょう」

「何がどう大丈夫なんだ。明日は無理だからひとりで――」

「遠野さん。わたしがこんなにも低姿勢でお願いしているのですよ?」

「言うほど低姿勢でもないだろう!」

「はあ、本当に腰の重い人ですね。まるで――ごほん。まるでわたしの胸のごとき重さですね」

「ほら見ろこの空気。その鉄板は錆だらけで使えないと言った通りだ」

「と、遠野さんに笑いのセンスがないからそう感じるだけです。何にせよ今のは女性差別に該当します」

「どこが⁉」

「顔です。なんかいらっときました。懲役百年」

「横暴すぎる！」

「とにかく明日、調査に行きますので。経費はわたしが持ちますし、晩ご飯もご馳走します。わたしに借りがあることをお忘れなく。いいですね遠野さん」

「ぐ……」

クロウリーの件で借りがあるのは事実なので頷かざるを得ない。歯ぎしりしつつ、一日くらいひとりで行けばと思ったが、それを言うのはやめておいた。べつに彼女のやる気に水を差したくなかったからではない。生憎そんな殊勝な性格はしていない。正直に言うと晩ご飯をご馳走という部分に惹かれたのだ。そろそろ本当に金欠具合が深刻になっているからな……。

「わかったよ、行けばいいんだろう。仕方ないな」

「いい子です。期待していますよ」

姉のように慕う知人に会えてテンションが上がっているのか、いつも通りの振る舞いの中にも、彼女は上機嫌さを隠せずにいた。そんな姿を見て、まあたまには力になるのも悪くないかと思える自分もいた。

夜が現れ始めた夕闇の中、僕は小さく肩をすくめた。

訪れる翌日。予定通り、僕たちは三限終了と共に調査を開始した。

とはいえ、今回は手掛かりという手掛かりがほとんどない状況なので、まずは街中をうろついていると噂の『死者』を探すことにした。

特に目的もなくあっちこっちをふらふら歩き、時代にそぐわない服装の人を探してみる。が、どうでもいい時は見かけるくせに、いざ探してみると見つからない。生没不詳の彼らはぱたりと姿を見せなくなり、初日の調査は何の成果もなく終わってしまった。

「まあまだ初日ですから」

残念ではあったが、月城さんの言う通り、まだ初日が終わっただけだ。

翌日は聞きこみ調査を行うこととした。泉水さんと連絡をとり、死者を見かけたという信者の人と話せるよう仲介してもらったのだ。泉水さんが間に入ってくれたおかげか、学生にもかかわらず、誰もが快く家に招いてくれた。

だが、先に言っておくとこの調査も不発に終わってしまった。

「そうなのよぉ。死んだはずの風太郎ちゃんがお庭にいてね、まあびっくりしたの何の。にゃーと鳴いてすぐにどこかに行っちゃったんだけど、久しぶりに声を聞けて嬉しかったわぁ。信じる者は救われるとはこのことね！」

「はあ……」

　電車を乗り継いで複数の家を訪れるも、これといった情報は集まらず。誰もが嬉しそうに「久しぶりに旦那の顔を見られた」「先立たれた妻を見かけて嬉しかった」「あなた美人ねぇ。モテるでしょう」「青年、あの美人を逃がすんじゃねぇぞ。ケツがいい。ケツが」といった余計な話をするばかり（本当に余計な話だ）。実際に会話をしたとか、そういった話は集まらず、この日も得るものなく終わってしまった。

「まだ二日目ですから」

　それでも、くじけることなく僕たちは調査を続けた。だが、三日目、四日目も似たようなことを聞くばかりで新情報はなく。

　雲行きが怪しいと感じたのは僕だけではないのだろう。「まだ四日目ですから……」と呟く月城さんの声にも勢いがなくなってきており、その覇気の無さが示すよう、結局五日目も成果なく終わってしまった。

　訪れる土曜日のこと。

「……だめでしたね」

「ああ。まるで見つかる気配がしない」

　疲れ果てた僕たちは、大型ショッピングモールのフードコートにて夕食を摂りつつ、ぐでぐでしていた。いつもは凛と姿勢を正している月城さんですら、今日に限ってはテーブルに肘をついてため息製造機と化している。

この日は土曜日ということもあって、朝から手掛かりを求めて歩き回ったのだが、やはり何も見つからず。手ぶらで日没を迎えていたのだ。

歩き疲れてくたくたになったせいか、会話も少ない。月城さんの顔も明らかに不機嫌色だ。ただ、それでも周囲より無条件に注目を浴びているのは、さすが美人といったところか。だが、美人が心まで美しいかというと、そうでないのが辛いところだ。

「これはアレですよ。遠野さんがムッツリだから死者が避けているんですよ、きっと」

「どうかな。あんたの笑いのセンスに凍えて南の国に逃げているのかもしれんぞ」

「遠野さんがお馬鹿だからわたしのセンスを理解できないだけです」

「ほう。では最新作をジャッジしてやろうじゃないか」

「いいでしょう。これは先日の授業中に、落ちた消しゴムを拾ってあげた時のことなのですが」

「前から思ってたんだが、あんたの周りには消しゴムが飛び跳ねる磁場でも張られているのか？」

「知りませんよそんなこと。とにかく拾ってあげたわたしは、ただ渡すのでは芸がないと思ったのです」

「どうして月城さんは消しゴムを見ると一芸を披露したがるのだろう」

「そこでわたしは、トルコアイス風に渡してみることにしたのです」

「は？　トルコアイス風？」

「知りませんか？　店員がお客さんにアイスを渡したと見せかけて延々渡さないパフォーマンスを」

「ああ……あの最初は面白いけど、途中からイラついてくるアレか」

「消しゴムを渡すフリをしつつケースの部分を相手に持たせて、その瞬間に本体を華麗に抜き去るテクニックを披露しようとしたのです」

「なるほどな。で、どうなったんだ」

「勢い余って、ケースごと消しゴムを奪い取ってしまいました」

「相手は突然の嫌がらせにびっくりしただろうな」

「まあでも失敗は誰にでもあることですから。わたしはその後も何度かチャレンジするのですが、ことごとく失敗してしまって」

「もう普通に迷惑の領域だな」

「仕方ないので、今度は本体の部分を相手に持たせることで、ケースだけを奪い取ろうと試みるのですが」

「みるのですが？」

「笑いのセンスがないのでしょうね。その人は『早く返して』などと言ってきて……ああいう人が世の中をつまらなくしているのだと思います」

「散々茶番につきあってくれたことを感謝すべきと思うがな」

月城さんのほどよくつまらないトークを聞けたことでいい感じに頭が冷えた僕は、ちゃんぽん麺をすすりつつ、この一週間を振り返る。

はっきり言って不発もいいところだ。何もできなかったと言っていい。泉水さんとも電話で話をしたが、「ううん、今のところ新情報はないなぁ」とのことで、得るものはなかった。これまでと違って原因と思われる魔法道具が側にないため、どうしても調査が難しくなってしまうのだ。

なので、闇雲に探すのは一旦やめて様子を見ないかと提案しようとするも、月城さんは意外にも根性を見せてくる。

「とにかく今は地道に調査を続けるしかありません。明日も一日かけて手掛かりを探しましょう」

「日曜もやるのか？　少しくらい休んだ方がいいだろう」

「何を言っているのです。泉水さんの依頼ですよ。休む暇などありません」

「あんたと親しくしてくれる知人は確かにレアだが、だからといって気合いを入れすぎだろう。それこそ借りでもあったりするのか？」

何気ない質問だった。軽口というか冗談というか、日曜くらい何とか休めないかと思い、口実を探していた過程で生まれた、何気ない発言だったのだが。

しかし月城さんが神妙な顔になったことで、奇妙な尻尾を踏んづけたことを知る。訝しむ僕を前に、彼女は少しだけ心の内を明かした。

「泉水さんは、子供の頃にいじめられて不登校になったことがあるそうです」

「あの人がか？」

「牧師の家ということで、からかわれやすかったのかもしれませんね」

自分のことを語るような瞳で、月城さんは続ける。

「ですが、おばあちゃんが力になることでそれは解決したそうです。特に魔法が絡んだ話ではなかったようですが、おばあちゃんは苦しむ子供を放っておけない人だったので。何らかの形で事情を聞きつけ、協力したのでしょうね。それ以来、泉水さんとポラリスの間には何物にも代え難い絆ができたのです。泉水さんはおばあちゃんにすごく感謝して、友達のいない私とも毎日のように遊んでくれて」

「……」

「みんなおばあちゃんのことが大好きだったんです。すてきで頼りになって、すごい魔法使いで。でも、わたしが」

…………。

言葉を詰まらせる彼女の周りに、ぽっかりと穴が空く。フードコードのざわめきが、どこか遠くのものであるように感じた。突如、孤独の影が僕たちを見下ろす。

黙する僕に気を遣ったのか、月城さんは「関係ない話でしたね」と言い、「とにかく泉水さんにはお世話になったのです。あの人の力になるためなら、休日など不要です」と告げるのだ。それを聞いて「わかったよ」と返す。

正直、今の口ぶりで過去に何かあったことを悟れない僕ではない。それどころか、月城さんが祖母絡みで泉水さんに何らかの引け目を感じていることさえ見抜くほどだ。薄々そんな気はしていたが、今ので確信に変わった。

だが、だからといってそれを問い詰めるような真似はしない。僕は月城さんのおばあさんにも泉水さんにも世話になっていない。所詮(しょせん)はアルバイト。外様(とざま)の存在。人の過去に首を突っこむなんてごめんだし、月城さんだって同情されたいわけではないだろう。そこまでの関係でもないしな。

彼女もその辺は承知のようで、特にそれ以上何か話すでもなく、目の前のビビンバを平らげ始めた。僕も無言で麺をすする。

土曜日の夜の騒がしいフードコートだが、不思議と奇妙な静寂が僕たちの間に横たわっていた。

後で思い起こせば、そのやりとりがきっかけだったのか。

何度も言うが、彼女らの事情は僕には関係のない話だ。とはいえ、そう自覚したことで逆に冷静になり、あらゆる違和感に気づくことができた。

思えば今回の件には不自然な点がいくつかあるのだ。

まず、月城さんのやる気について。親しい知人ゆえに気合い十分と思っていたが、事情があると知った以上は見方も変わる。僕に大学をサボらせたり、休日まで連れ回したり、元々そこまで他人に気遣いするタイプではないが、ここまでくると焦っているようにさえ見えてくる。紅茶の分量を間違えたのも、違う意味があったのではないだろうか。

次に、今回の現象を多くの人が喜んでいることも気になる。思い出すのはクロウリーだ。

かつてあいつは言っていた。魔法は呪(のろ)いだと。不完全な心の生み出す苦しみの塊(かたまり)だと。信じたわけではないが、ここまでいいこと尽くめというのも、しっくりこない。

そして最後に、最も気になるのはやはり泉水さんが四年ぶりに現れた点だ。

結婚や出産等で忙しかったのは事実だろう。だが、毎日顔を合わせるような仲だったのなら、四年はいくら何でも空きすぎじゃないか？　魔法のもたらす事件の頻度なぞ知らないが、それまで懇意にしていた人が四年も距離を置くのは不自然だ。つまり、それだけ二人の間に距離が空いていたと解釈するのが自然である。そしてその泉水さんが、生後半年の子供をベビーカーに乗せて、数駅離れたポラリスまでやってきた。電話で済みそうな、特に実害が出ているわけでもない依頼のために四年ぶりに。どう考えたって違和感がある。そう気づいた日より、泉水さんの行動に注視せざるを得なくなっていた。

結局、何の発見もないまま日曜は過ぎ、迎えた月曜日。僕と月城さんは、今日は外に出ず、ポラリスにいた。泉水さんから店に来るという連絡が入ったからである。

「そっかあ。なかなか見つからないかぁ。難しいよね」

「期待に応えられずすみません」

落ちこむ月城さんを泉水さんが慰めている。僕は何とも言えない気分でそれを見つめる。

空気が変わったのは、泉水さんがあることを提案したからだ。

「ねえ環ちゃん。提案なんだけど、確かカナエさんが生きてた頃に、魔法道具をサーチできる魔法道具を使ってたじゃない。あれを使うのはだめなの？」

「何だそれは。そんな便利なものがあるのか」

不意に放たれた言葉に、割って入る。魔法道具の場所を特定できる魔法道具。何てこの状況にぴったりなんだ。そんなものがあるなら使えばいいじゃないか。そう思い、声をかけたのだが。

「『夢幻の羅針盤』ですね。確かにおばあちゃんが生きていた頃に何度か使っていた魔法道具です。ですが、あれは使うリスクが大きいため、協会と話し合った結果、使用禁止となったのです」

「リスク？」

僕の問いに、月城さんは髪を耳にかけながら応える。

「あの羅針盤は、魔法道具に限らず、探し物をピンポイントで特定できる便利な魔法道具です。ですが、一度使用するとその代償に、大切なものをひとつ失うといわれています。とてもわたしが扱えるものではないので、今はクロウリーさんが保管しています」

月城さんの台詞を聞き終え、まあそりゃそうかとため息を吐く。

そんな便利な魔法道具があるなら、とっくに月城さんは使っていただろう。なのに使っていないのは、使えない理由があるからだ。理解した僕は、羅針盤とやらに頼るのを即座にあきらめる。

だが、一方であきらめない人がいた。

「……ねえ、もし何だったら、わたしが使ってみようか？　それだったら、環ちゃんが大切なものを失うことにはならないと思うけど」

「冗談はやめてください。遠野さんならまだしも、泉水さんにそんな危険なものを使わせるわけにはいきません」

「何が僕ならまだしもだ。僕だってそんなものはごめんだ」

「ふふ、そうだね。ごめんね、変なこと言って。ううん、残念、やっぱりだめか。難しいなあ」

大げさに肩をすくめる泉水さんは、しかし次の瞬間にはもう忘れたように、関係ない話題を月城さんと繰り広げる。片や、どうしても僕は疑念を膨らませてしまう。

今のしつこさは何だ。どこまで本心だ。わざわざもう一度羅針盤の話題を持ち出して使用することを提案して……ただの思いつきなのか？　それとも。

疑念がさらに膨らんだのは翌日のことだ。

この日は、あまりにも手掛かりひとつ見つからない状況に業を煮やしたのか、

「思いつきました。遠野さんが瀕死になればいいのです。仲間と思って向こうから

『死者』が見つけに来てくれるのではないでしょうか」と月城さんが言い出し、それに対して僕が「いい提案だ。だが致命的な欠点がある。あんたが振り上げている分厚い本は、瀕死程度では済まなさそうということだ」と応えるという、ようするに大変どうでもいいやりとりをしていたのだが。

そんな最中に今日もベビーカーを押してやってきた泉水さんは、月城さんがお手洗いで席を離れた隙に、こんなことを訊ねてくるのだ。

「ねえ遠野くん。クロウリーさんって、どんな人なの？」

「え？」

「昨日言ってたじゃない。魔法協会の人だよね。会ったことはあるの？」

「ええ。まあ一応」

最悪の出会いであったことは伏せておく。

「泉水さんはご存知ないんですね。てっきり知っているのかと」

「わたしはこの店と繋がりがあるだけで、魔法とは無縁だからなぁ。協会の存在をぎりぎり知っていたくらいだよ。ねえ、遠野くんはどう思う？　やっぱりその人にも相談すべきかな。その人が羅針盤を持っているらしいし」

「……どうでしょうか。僕もあまり魔法には詳しくないですから」

そこで会話は終わる。月城さんが戻ってきたからだ。だけどその短い会話は、僕の猜疑心を刺激するには十分すぎた。

その日の夜のこと。

「なあ、やっぱり不自然じゃないか？」

『ううん、それだけでは何とも～』

午後八時頃。自宅へ戻った僕は、以前に貰った名刺の番号にコールし、例のネコミミ男、クロウリーと通話していた。理由はもちろん、泉水さんについてである。

『それで結局、遠野さんはどうお考えで？』

「正直、泉水さん自身が死者を蘇らせる魔法道具を手に入れようとしているとしか思えないんだ」

勢い任せに持論を述べる。

動機は知らない。この際、その辺はどうでもいい。重要なのは、彼女の行動がやはり不自然である点だ。疎遠だった月城さんを頼り、さらには羅針盤を持つクロウリーとも連絡を取りたがる。これはもうそういうことだろう。

『辻褄は合いますが、こじつけな気もしますね～。ちなみに環さんは何と？』

「話していない。彼女はどうも泉水さんに引け目があるようだからな。泉水さんを疑っていると知られたら、本の角でどやされそうだ。その辺、あんたは何か知らないのか？」

『ふふふ～。女性のプライベートを話すほど野暮ではありませんよ～』

意外に真面目な奴め。

だが、相談した甲斐はあったようだ。

『まあそうですね～。あなたには借りがありますし、どうしても気になるというのなら、ひとつトラップ作戦を授けましょうか～』

「トラップ作戦？」

クロウリーの作戦は、まあシンプルというか雑なものだった。

翌朝早くに僕の自宅に来た彼が渡してくれたのは、ちょっと大きめの鈴だった。

しかも色が青い。何だこれは。

「この魔法道具はいわゆる嘘発見器ですね～。嘘に反応して、ちりんと鳴ります。これでうまく聞き出してくださいな～」

クロウリーはそう言う。

物は試しに「月城さんはまさに聖母のような優しい人だ」と言ってみると、風もないのに鈴はちりーんと綺麗な音を響かせる。本物のようだ。確証を得た僕はクロウリーに礼を言って別れ、すぐさま作戦を立てた。ようは自然な会話からボロを出させればそれでいいのだ。大学に行き、講義を受けながら、ひたすら脳内シミュレートを続け、そうしてお昼過ぎ。自信を得たところでポラリスへと向かった。きっと今日も来ているだろうと思って。

調査を初めて、もう十日以上が過ぎ去ったこの日。やはり予想通り、泉水さんは店に来ていた。「この子の散歩がてら」とのことだが、もうどうでもいい。ここがチャンスと、ポケットにしのばせた鈴を頼りに機会をうかがった。

「すみません泉水さん……事態は全然進んでいなくて」

「気にしないで環ちゃん。焦らなくて大丈夫だから」

世間話を交わす二人の側で、タイミングを探す。

正直に言おう。この時僕は、割と軽い気持ちで作戦を実行していたと思う。泉水さんがどこか不審なので、その理由を見極めてやろう。月城さんも頼りにならないし、たまにはアルバイトとして活躍してやってもいいかという軽い気持ちだった。これが事件解決に繋がり、事態が良くなると勝手に思いこんでいたのだ。そんな保証はどこにもないのに。

きっともっと慎重に動くべきだったのだ。泉水さんは本当に魔法道具を欲しているのか。月城さんが引け目を感じているのはなぜなのか。それらをもっと真剣に考えてから、行動に移ればよかったのに。

愚かな選択が、取り返しのつかない事態を招く。

――チリン。

「え？」

鈴の音が響いたのは、まさに不意打ちのタイミングだった。小さな音だったため
に他の二人は気づかなかったが、月城さんと泉水さんの会話の中で、確かに音が響
いたのだ。何だ？　何に反応したんだ、今。

「そうですか。こんな赤ちゃんでも予防接種を受けなくてはいけないのですね」

「そうなの。結構頻繁に行かなきゃいけないらしくて、この子にも受けさせなきゃ
いけないいんだけど――」

チリン。

「？　遠野さん、今何か音がしませんでしたか」

「……いや」

咄嗟に吐いてしまった嘘がまずかったのだろう。僕の嘘にまで鈴は反応し、再度
ちりんと大きな音を立てた。

（やばい……）

そう思うも時既に遅し。月城さんは疑いの目を僕に向ける。

「遠野さん。何か隠してませんか」

「僕があんたに隠し事なんてするわけがないだろう」

チリン。

「遠野さん。正直に仰ってください」

「正直に言ってるさ。尊敬する店主に隠し事などするわけがなく」

チリン。

「遠野さん。話は変わりますが、わたしは時々、自分に笑いのセンスがないのではと思ってしまうのですが、遠野さんもそう思いますか？」

「まさか。あんたのセンスには光るものが常にあって」

チリン。

「……遠野さん。ポケットの中をすべて見せてください」

「いや、その」

「いいから早く」

さすがに言い逃れ不可能だった。ずかずか歩み寄る月城さんは、遠慮なしにズボンのポケットに手を突っこみ、それを発見した。即座に眉をひそめたのが見てとれた。

「『真実の鈴』ですね。嘘を見抜く魔法道具です。どうしてこれを？」

「たまたま拾ったんだ。綺麗だから日頃の感謝としてあんたに贈ろうと」

チリンチリン。

渋い顔をする僕を見て、察したのだろう。月城さんはため息混じりに訊ねる。

「大方クロウリーさんといったところですか。一体何のつもりですか」

「それは、その」

「後でお説教です。覚悟しておいてください」

「ぐ」

作戦は見事に失敗。鈴を奪われた僕はうなだれる。くそう、こんなはずじゃなかったのに。

だが、意外にもこれが事態を進めるきっかけとなるのだから、世の中はわからない。

「まったく、すみません泉水さん。うちのアルバイトがドスケベで」

「スケベは関係ないだろう！」

「う、ううん。いいのよ、そんなこと」

「話を戻しますが、恭平ちゃんも予防接種を受けるのですね。いつの予定ですか？」

「ええと、もうすぐだったかしら――」

チリン。

……さすがに聞き逃せなかった。僕も、もちろん月城さんも。

「……泉水さん？」

顔面蒼白の彼女の表情に、月城さんも気づいたのだろう。

「泉水さん、何があったのですか」

「何もないよ。何も」

チリン。

「どうして嘘を吐くのですか。一体何が」

黙する泉水さんを前に、僕の身体は自然と動いていた。

「正直に言います。泉水さん、僕はあなたが死者を蘇らせる魔法道具を欲しているのではないかと思っています。それを確かめるためにこの鈴を手に入れました。どうなんですか？」

「ち、違うわ。べつにそんなこと思ってない」

鈴は鳴らない。その事実が、僕の頭を鮮明にする。

月城さんとの先ほどのやりとり。確か、恭平ちゃんを予防接種に行かせるという話。まさか、この人。

「泉水さん。あなたもしかして、死者を蘇らせる魔法道具について知っているのですか」

「知らない」

チリン。

「恭平ちゃんについて、何か隠していますか」

「……っ」

即行動に移った。マナーとかそんなものを考える余裕はなかった。

「え——」

月城さんの腕をとり、薄透明の手袋をひっぺがし、彼女の左手を恭平ちゃんに触れさせたのだ。泉水さんが止めようとするも、僕の方が早かった。

「——っ、そんな……っ！」

「月城さん、何が見えた」

悪い時の勘ほど当たるものだ。僕の問いに、月城さんは青ざめた顔で告げる。

「この子自体が……恭平ちゃん自体が、魔法道具の本体になっているようです」

「は？」

言葉の意味がわからず、素っ頓狂（すっとんきょう）な声をあげてしまう。

応えるよう、月城さんは震える声で告げる。

「この子の身体は本物の肉体ではありません。今、心が流れこんできました。死者を蘇らせる魔法道具に恭平ちゃんの魂が宿って、赤子の形を模（かたど）っているのです。泉水さん、これはどういうことですか⁉」

さすがにもう遠慮はなくなっていた。そんなものを考える余裕がなくなったと言った方が正しいのだろう。月城さんは泉水さん相手に声を荒らげる。

それに対し、こちらも余裕がなくなったのか、はたまたこれが本性か。

泉水さんは軽い吐息の後に、冷たい瞳と声で呟くのだ。

「あーあ、うまくいくと思ってたのに。やっぱりバレちゃったか」

「っ、泉水さん！」

縋るような月城さんの声は届かない。泉水さんは、先ほどまでの穏やかさをすべて破棄し、語り始める。柔和な笑顔はそのままに、おそろしいほどに冷え切った声で。

「べつに大した話じゃないのよ。半年前にこの子が生まれて、だけど二ヶ月前。わたしの不注意で死んじゃったの。目を離した隙に、ベランダから――ね。でも、この子は死にたくなかったみたい。死んだ時にお気に入りのおもちゃを握ったままだったから、それが魔法道具になったんだろうね。家族葬をこっそり終えて、少しした時に魔法の力が発現したの。この子の魂を呼び寄せ、生き返らせてくれた。そのおかげでこうして一緒にいられるの。それだけよ」

何でもないことを語るような淡々とした呟きに、僕も月城さんも何も言えなかった。代わりに足が震え、背中を嫌な汗が伝った。鳴らない鈴が恐怖を招く。彼女の笑顔は、この時ばかりは人のそれに見えなかった。おそろしく冷たく、大切な感情をひとつ失くしたものに見えたから。

「世間で起きている死者の復活は、あんたの仕業か」

震える声を何とか堪え、かろうじて訊ねる。

泉水さんは小さく首を振る。

「ううん、あれはそういうんじゃないよ。この子が蘇ってしばらく経ってからかな。あちこちで蘇りの噂を聞くようになったのは。さすがに気づいたよ。この魔法道具が世間に影響を与えてるってね。正直焦ったなぁ。わたしも夫も、この子が蘇って本当に嬉しかったから。でも、このままじゃ、魔法使いや協会に見つかるかもしれないって思ったもの。だから利用したの。あなたと環ちゃんを、ね」

「なるほど。そういうことか」

僕は無理に強がりの笑みを浮かべ、額に汗を滲ませながら得心する。今の台詞で大体わかった。息を長く吐き、頭の中を整理する。

やはり、四年のブランクこそがすべての答えだった。

魔法道具のおかげで恭平ちゃんが蘇った。だが、副作用か何かで街中に死者が現れるようになってしまった。月城さんや協会の耳に届くのは時間の問題。そうなれば例の羅針盤により、自分たちが原因とバレてしまうかもしれない。自然の摂理に反する魔法道具が没収されると考えたのは、当然のことだろう。だから泉水さんは恭平ちゃんの魂を守り抜くために、行動せざるを得なかったのだ。疎遠となっていた月城さんを利用し、その伝手で羅針盤を奪うために。すべては魔法協会から逃げきり、恭平ちゃんを守るために。

「そんな……そんな」

月城さんもすべてを理解したのだろう。うろたえた声を漏らしている。残念ながら今の彼女には期待できなさそうだ。震える声を抑えながら、僕は告げる。

「しかし残念ながら計画は失敗のようだな。こうしてバレてしまったんだから。クロウリーを呼ぶから、そこを動くなよ」

心は完全に動揺していた。衝撃でひざの笑いが止まってくれなかった。だけど、何とか頭は正常に働いていた。クロウリーにショックな事実に変わりはないが、それでも僕たちの方が状況は有利だ。クロウリーにすべてを伝え、あとは逃がさないよう見張っていればいいのだから。一応これでも男だ。今日ばかりは何とかこの細腕に頑張ってもらうしかない。そう決意して、キッと睨むのだが。

しかし僕は、自分の見通しの甘さを知る。

「ふふ。遠野くん、残念だけどわたしの勝ちなの。だってあなたはわたしを止められないもの」

「何を言っている。月城さん、ベビーカーを押さえろ。この女は僕が——」

「無理よ。何もわかってないのね。環ちゃんはわたしを止められない。だからこそ利用したんだもの」

「は？」

意味がわからない。何を言ってるんだと思った時点で、勝負はついていたのだろう。目の前で予想外のことが起こる。

なんと月城さんが、僕の前に立ちはだかったのだ。僕の両腕を、ぎゅっと握りしめて。

「ちょ、何をやっている月城さん！」

「泉水さん……はやく、はやく逃げてください」

「ありがとう環ちゃん。それじゃあ失礼するね」

恭平ちゃんを乗せたベビーカーを押して、優雅に帰らんとする泉水さん。慌てて止めようとするも、月城さんの弱々しい力が僕を縛り付ける。

「月城さん――」

「お願いです遠野さん、泉水さんを見逃してください」

「馬鹿を言うな。あの女はあんたを利用したんだぞ。もういい加減気づいているだろう！」

「わかっています……わかっていますけど」

月城さんは動かない。震える声と、虚ろな瞳で縋りつく。

答えを明かすのは、泉水さんだ。

「恭平はね。わたしのせいで死んだの。ほんの少しうとうととして、目を離した隙に、取り返しのつかないことになった。環ちゃんもね、そうやってカナエさんを死なせたの。四年前にね」

「……っ」

「どういうことだ」

泉水さんは笑顔をそのままに、しかし感情を失くしたような声で続ける。

「四年前、この店にある依頼者が来たの。確か政治家だったかな。魔法道具に悩まされているとか何とかで。カナエさんと環ちゃんは見事、魔法の力で依頼者の悩みを解決したわ。だけどその男は捜査の過程で心を覗かれたことに大層憤ってね。たすけてもらっておきながら、カナエさんと環ちゃんに罵詈雑言を浴びせて帰って行ったわ。それが悲劇の引き金だった」

腕に痛みが走る。僕の腕を握る月城さんが、声なき声で叫んでいた。

僕は、動けるわけもなかった。

「ある日、その政治家が社会的に失墜したのよ。色々な悪事が発覚して、財産のほとんどを失ったの。原因は環ちゃんよ。環ちゃんは心を覗いた際に政治家の悪事を知り、それを安易にマスコミに漏らした。何がどうなるわけもないのに、鬱憤を晴らすために。結果、その政治家から店に対して嫌がらせをされるようになってね。もともとカナエさんは心臓が弱くていつも薬を飲んでいて、なのに心労も重なったことで、ついに発作で倒れて……。誰かが側にいなくちゃいけなかったのに、環ちゃんは夜中に遊びに出かけていたのよね。発見が遅れたカナエさんは、その日の真夜中に帰らぬ人となった。わたしの恩人だったカナエさんが、環ちゃんのせいで」

「………」

明かされる事実は、僕と月城さんの心を殺すには十分すぎた。弱々しい、触れているだけの月城さんの手を振り払う力なんて、あるわけもなかった。

「わかる？　カナエさんを知る人は、みんな環ちゃんを恨んでいるの。特にわたしはちょうどその頃、カナエさんから相談を受けていたから尚更ね。環ちゃんをどう育てるか、真剣に悩んでいたみたいだった。カナエさんはいつだって誰かのために必死になれるすてきな人だった。過去にわたしを救ってくれた時も、本当に真剣で、それ以来ずっとわたしにとってかけがえのない人だったのに……。だからこそ環ちゃんはわたしに逆らえない。それに、大切な人を死なせてしまったわたしの苦しみを、環ちゃんは誰より理解している。だから止めることもできない。だからこそ利用する価値があったのよ。まあ、思ったより役に立たなかったけど」

凍てついた声で告げ、泉水さんはこちらに歩み寄る。

月城さんに、僕に、最後の囁き(ささや)を残す。

「恭平は絶対に死なせない。この子は生きたいと願っているの。わたしは母として今度こそ守ってみせる。今度こそ、絶対に」

「…………」

何も言えない。何もできない僕たち二人を呪うよう縛りつけ、泉水さんは帰って行く。いつの間にか月城さんは僕の両腕を離し、何もせず、俯(うつむ)いていた。

不意に思い出す。クロウリーにこの先を知る覚悟はあるかと問われたことを。あるはずもなかった。愚かな僕は考えもしなかった。

カウンターの上に置かれた『真実の鈴』。音を鳴らさないそれに代わり、風に揺られたドアベルが、カランと音を立てた。

「はあ……何でこんなことになってるんだ」

時は流れて三日後の夜のこと。僕は自室のベッドに横たわり、天井(てんじょう)を見上げながらひとりごちていた。動く気力もなく、先ほどからずっとこんな感じだ。

事態はまさに最悪の展開と言っていい。

あの後——泉水さんが帰った後、何とか月城さんと話そうとするも、何を言っても彼女は放心状態。とても話し合いができる雰囲気ではなかった。

そして最終的には「すみません。今日のところはお帰りください」と虚ろな瞳で言われてしまい、どうしようもなくなった僕は一時退散。今思えばこれがまずかった。強引にでも居座ればよかったかもしれない。

翌日に大学へ行くも、彼女の姿は見当たらず。ならばと店に行くも、鍵がかかっていて入れない。物音ひとつせず、いるのかどうかも一切不明。完全に打つ手なしとなってしまい、そのままあっという間に三日が過ぎてしまった。まずい。やばい。何とかしないと。そう思ったところで方法はわからず。結局、自室のベッドでため息を吐き散らすしかないというわけだ。

「どうする。何か手はないのか」

一度頭を整理する必要があると思い、思考を巡らせる。

結局のところ問題となっているのは、泉水さんが恭平ちゃんを死なせまいとしていることだ。それがすべての発端なのだから。ゆえに、それを解決——具体的にはクロウリーに報告し、対処してもらえばベストだろう。泉水さんが自宅にいるのか既に行方をくらませたか、その辺はよくわからないが、何にせよクロウリーならどうにかできるはずだ。たぶん。

しかし、そうわかっていてもできないのは、月城さんのことがあるからだ。

今回の事件は、月城さんにとって贖罪の意味がこめられていた。もうこの時点でクロウリーに連絡するわけにはいかない。強制的に事件を解決したとしても、二人の仲はこじれたまま。それを良しとはとても思えない。そこまでわかったうえで月城さんを利用したのだとしたら、泉水さんは何て策士なんだ。

「くそ、どうすればいい。どうすれば」

頭を悩ませるも思いつかない。いや、というかもうこれは無理なんじゃないか。絶対無理だろこんなの。

それに今気づいたが、何で僕はここまで悩んでいるのだろうか。よくよく考えたら、ただのアルバイトの僕にはほとんど関係がない。べつに月城さんをたすける義務もないのだし、もう気にせずクロウリーに報告してやろうか。それで気まずくなるならバイトをやめればいいだけの話だし——。

（…………）

迷う脳は正常な機能を失い、ぐるぐるした。おかげでその日の夜は眠りに就くまでに随分と時間を要した。だからこそなのか。浅い眠りの中、不思議な夢を見た。

夢か現実か、よくわからない夢を——。

「ハルくん」

「……ん？」

暗闇の中。目の前でぼうっと光る何かが、懐かしい声で僕を呼ぶ。

すぐに気づく。

「その声――まさか」

「ふふーそのまさかです。ハルくんに会いに来ちゃった。てへ」

懐かしいその声。お茶目な口調。夢の中特有の曖昧な感覚が輪郭(りんかく)を成す。ごくりと唾をのみ、訊ねる。

「母さん……なのか？」

「そうだよ。久しぶり、ハルくん」

ぼうっと光る淡い輝きは、そう応える。表情はない。というか、まず人の形を成していない。でも、だけど、その温かさは紛れもなく、いやしかし。

思わず僕は訊ねてしまう。

「……悪いけど、本当に母さんなのか証拠を見せてくれるか」

「あーひっどーい！　実の親を疑うなんてーっ！」

僕の言葉に、目の前の光の物体はものすごくわかりやすく怒りだした。いやでも、だってしょうがないだろう。

ここ最近、思い切り似たようなシチュエーションで騙(だま)されたばかりなので、それを考えるなら疑って当然なのだ。だいたい光ってばかりで顔も何も見えないのだからどうしようもないだろう。僕はそう言い訳する。

しかし、母さん（と思しき光の物体）は聞き入れてくれず。

「はあ～。せっかく魔法道具が出血大サービスで蘇らせてくれてるから会いに来たのに、ハルくんの薄情者。マザコン。ムッツリスケベ。戦闘力たった5のゴミめ！」

「OK。今ので母さんだと確信した。だが、実の息子をモブのおっさんと同列に扱うのはどうなんだ。というか何で夢の中に現れるんだ。最近、夢の中で色々ありすぎだろう」

あまりにも突然かつ、夢の中ということで頭がぼんやりしていたからか。母さんとの再会という、感慨深いシチュエーションを前にしても、冷静にそう告げていた。もしかしたら母さんがあまりにも自然体だったからかもしれない。やはり本物は本能でわかるものだ。

そんな僕に、母さんは語り出す。

「まあねぇ。起きてる時に会いに来てもよかったんだけど、あんまり世間体としてそういうのはよくないみたいでねぇ」

「死人にも世間体とかあるのか」

「そりゃあるよー。だからみんな魔法道具の計らいをいいことに、顔だけ見せに行ってるんだから。母さんもそのつもりだったけど、でもやっぱり放っておけなくて」

「え——」

と、ここで。

光る塊となっていた母さんは、僕の方へと歩み寄る。そしてそのまま、ふわりと優しく包みこんでくれるのだ。懐かしい香りが辺りに漂い、心が透明になる。遠い記憶を呼び起こされる。

「久しぶり、ハルくん。ごめんね、寂しい思いをさせて」

「……っ」

その瞬間、僕の中で無意識に堪(こら)えていたものが、一気に溢れ出た。

母を失った悲しさ、寂しさ、突然の別れ、後悔。色んなものが溢れ、それゆえに知る。僕の心がどれだけ渇いていたのかを。僕の心が、どれだけ満たされていなかったのかを。もう、何も言えなくなっていた。

泣きそうな僕を癒(いや)すよう、母さんは続ける。

「ずっと見てたよ、ハルくん。ひとりでずっと頑張ったね」

「……大変だったんだぞ、本当に」

「ごめんね。あの日、母さんが手を振ったりしたから、ハルくんは」

「違う。あれは僕が勝手に自分を責めて」

「ううん。ハルくんは悪くないよ。だってハルくんは、こんなに頑張っているもの」

母さんに包まれたことで、頭の中に――これは母さんの視点だろうか――これまでの僕を、どこか遠くから見つめるような景色が流れる。悪ガキと戦う小学校時代。その後の孤独に生きる人生。そして。

「あ――」

「月城環ちゃん。この子がハルくんを救ってくれたのね」

鍵束を手にポラリスを訪れたシーンから始まり、あらゆる景色が映る。部屋を漁られたシーン。言い合いをしているシーン。記憶を取り戻し、涙する僕の側に彼女がいてくれたシーン。アルバイトとして雇われたシーン。

さらにその後も景色は続き、嵐山さんのツバキを前にした時の景色。何気ないアホなやりとりや応酬をする景色。ドリームキャッチャーから救ってくれた時の景色。ベッドの上で闇に呑まれそうな僕を、月城さんが救わんと手を伸ばしている。その顔は必死そのもので。

「……」

「ねぇハルくん。あなたにとって、この子はどんな存在？」

「何だよ急に」

構わず母さんは問い続ける。

「確かにハルくんは彼女と知り合ったばかり。家族でもないただのアルバイト。これ以上何かをする義理はないと思うよ。でもね」

ひと呼吸挟み、母さんは寂しそうな、それでいて慈しむ瞳で告げた。

「でも、この子とハルくんは、もう十分に友達だよね。うまく言葉にできないだけでわかっているはず。それでもまだ力にはなれない？」

「……わからないんだ」

その言葉を前に、思わず零れたのは隠し続けた本音だ。

母さんを前に、いとも容易くそれはまろび出る。

「わからないんだ。友達とかいたことないから、踏み入っていいのか悪いのか。傷ついた心にまで踏みこむのが正しいかどうか、僕にはわからないんだよ。帰ってくれと言われて会うこともできない。それはつまり、僕たちの関係がここまでということじゃないか？　どうしてもそう思ってしまう。そもそも本当に友達かどうかも……だから僕は」

苦しみ。弱さ。悩み。

相手が母さんだからか、それとも曖昧な夢の中だからか。普段なら絶対に見せないそれらが簡単に僕の中から零れ落ちていった。誰にも吐き出せなかった、そんな心が。

だけど、そんな僕に対しても母さんは迷わず道を示してくれる。

光り輝く、進むべき道を。

「ハルくん。正しいかどうかなんてどうでもいいの。本当に友達かどうかも関係ない。ハルくんがこの子のためにどうしたいかが重要なのよ。彼女は傷つき、孤独に苦しんでいる。それを見て、あなたがどうしたいと思ったかがすべてなの。放っておけなかったでしょう。ひとりぼっちの彼女を見ていられなかったでしょう。それが答えなのよ」

「…………」

「彼女の魔法を知りながら、それでもアルバイトになってくれたことがあの子は嬉しかったはず。だからあんなに必死にたすけてくれて――。ハルくん、あなたはどうしたい？　本当にこのままでいいの？　あなたはあの子と、本当に友達になりたいの？」

おそらく、その言葉が最後の鍵だった。

僕の中で、何かがカチリと扉を開けた。

あの仏頂面（ぶっちょうづら）が目に浮かぶ。愛想（あいそ）が悪くて偉そうで、文句ばかりで笑いのセンスがなくて、だけど時々寂しそうで。本当は友達が欲しくて、誰かと関わることをあきらめられなくて。何をするにも不器用で、そして。

――その、たまにはですよ。たまにはですが、優しい人の力になるのもいいんじゃないかと。そう思ったんです。

――まあわたしも嵐山さんには悪いですが、い、1号を空けておくつもりでした。

――大丈夫ですよ。どこにも行きませんから。

「……母さん」

「なあに、ハルくん」

「せっかく会えたけど、すまない。行くところがあるんだ」

「うん。頑張れ、ハルくん。覚えてる？　こういう時、どうすればいいのか」

「ああ、そのための魔法だろう。ありがとう。すてきなものを残してくれて」

そう告げ、僕は手を振った。ようやく、やっと、十年ぶりに。

それを見た母さんは一時呆（ほう）け、俯き、顔を歪（ゆが）め、それでも笑顔をすぐに取り戻し、手を振り返してくれた。いつの間にか光の塊ではなく、よく見知った母さんの姿になっていた。

もう迷いはなかった。闇は消えていた。ありがとう、母さん。約束通り、見守っていてくれて。

光の渦が、僕を呼び起こす――。

「…………」

意識と身体がぱちりと目覚める。そこは真夜中の自室だった。無意識に時計を見ると、午前2時50分の表示が目に入る。

夢を見たからだろうか。あまり寝た気がせず、頭の中はほぼ覚醒(かくせい)していた。ゆえに、次の行動に映るのは一瞬だった。

「待ってろよ」

自然と身体が動いていた。何も考える必要がなかった。気づけば部屋を飛び出し、夜の下(もと)へと飛びこんでいた。

闇に星々が瞬(またた)く深い夜。ぬるい風が吹く孤独の夜。

荒い呼吸で必死に自転車を漕いだ。必死に漕いで漕いで漕ぎ続けて。

アンティークショップに着いたのは、すぐだった。予想通り灯(あか)りはついておらず、扉にも鍵がかかっていた。それでも僕は止まらなかった。

植木鉢の下を見る。いつだったか留守番を頼まれた時、ここに鍵を隠しておくと言われていた。普段はそんなことしないけれど、僕のためにわざわざそうしたと偉そうに言われたんだ。そっと花のない鉢をのけてみる。

「あった」

そこには鍵がしのばせてあった。一体この鍵はいつから置いてあったのだろう。躊躇(ためら)うことなく扉を開く。

真夜中の店は以前来た時にも増して眠るようで、古びた骨董が寝静まる中、奥へと進む。細い廊下(ろうか)を進み、少し急な階段をのぼり、そして。

「やあ月城さん」

「………」

真夜中の衣に包まれて。ドーム状の屋根の部屋の、その隅っこに、彼女はうずくまっていた。随分と久しぶりに会えた気がした。

暗くて表情は見えない。そもそも座りながら俯いているせいで顔も見えない。なので僕は手ごろな椅子に腰かける。ギイという軋(きし)む音を最後に、沈黙が横たわる。星々の囁きすら聞こえそうな音のない世界。だが、そこに気まずさはなかった。むしろこの時間を愛(いと)おしいとすら思えていた。なぜか気分が高揚していた。

「月城さん、聞いて欲しいんだ」

無数の星々が、僕を大胆にする。

「知っているか。ミツツボアリというアリは、パンパンに膨れるまでお腹に蜜を貯めるんだ。これにより、飢えそうな季節でも仲間は食いっぱぐれないわけだ。まったく〝ありがたい〟話だよな。〝アリ〟だけに」

………。

反応はない。どうやら相当に落ちこんでいるらしい。

だが、まあこれはこれで想定内だ。僕はさらに続ける。

「この話はどうだ。クビキリギスというバッタのメスは単性生殖が可能であり、オスがいなくても産卵可能なんだ。オスからしたら存在意義を問われる話だよな。まさにオスは〝クビ〟ってやつだ。〝クビキリギス〟だけに」

……やはり反応はない。それでも僕はめげなかった。

普通、こういう傷心の女性を前にした場面では、何かいい感じの台詞を連ねることで励ますのが基本だろうが、残念ながら僕にそんなスキルがあるわけもない。なのでここはあえて面白ギャグを連発することで彼女を元気づける作戦に出てやった。ついでに普段散々面白くない話を聞かされることへのリベンジ的な意図も含まれていた。彼女が落ちこんでいるのをいいことに、僕は隅っこ姫に延々面白トークを繰り広げてやった。

そうした時間がしばらく流れ、ついに彼女は声をあげる。

「……遠野さん」

「何だ？」

「あなた何しに来たんですか」

「見ての通りだ。あんたが弱っているから励ましに来てやったんだ。ついでに本物の笑いとはどういうものかを教えようと思ってな」

その台詞に、月城さんは大きなため息を吐く。

「期待したわたしが馬鹿でした」

「何だ。期待してくれていたのか」

「ええ、一応は。どうやら無意味だったようですが」

「生憎だが、僕たちの間にそんなロマンチックなものはないということだ」

「わかっていますよ。ジャージ姿で現れた時点で、もう察していましたから。普通着替えてから来るでしょう。何で寝間着のままなんですか」

もう一度彼女は大きくため息を吐き、ぶつくさぼやく。期待とは全然違った現実が気に入らないようだ。だけど、その声には心なしか生気が宿っているように思えた。

夜に笑われながらの会話は続く。

「大体ですね。わたしは今、傷ついているんです。落ちこんでいるんです。わかっているのですか、この状況を」

「何だ、本当に落ちこんでいるのか」

「当たり前でしょう。あなたと違い、わたしは繊細で美しくスタイルまで抜群なのですから」

「どさくさに紛れて自慢するんじゃない」

「事実だからいいんです。一体どれほど苦しんでいることか」

「まあ、祖母が亡くなった時のことをバラされたうえに、結局あの女には利用されていたと判明したんだ。落ちこむよな」

「……そうです。落ちこんでいるのです。なのに励ましてもくれないなんて」

「べつにいいだろう。僕たちは友達ではないのだから」

「え」

その瞬間。目には見えない、透明のガラス玉が割れるような音がした。彼女が思わず顔を上げ、白い表情をこちらに向ける。無音の沈黙が覆い尽くす。その中で、僕はひとつの覚悟を決めた。

「……そうですね。そうですよね。わたしたちは友達ではないですものね」

「ああ。ついでに言うと、あんたの祖母やあんたの過去についてもよく知らない。所詮は外様のアルバイトだ」

「ええ……その通りです」

「だから、悪いが慰めてやるつもりもない。友達1号の件は忘れてくれ。あれはやはり嵐山さんにこそ相応しい」

「わかっています。わかっていますよ、そんなこと」

「ただ、そのうえでだ。このタイミングで何だが、どうしても言っておきたいことがあってな。それで参上したわけだ」

「何ですか一体。もう放っておいてくださいよ」

「そうはいかない。迷惑だろうが、僕の本音を受け取ってくれ」

次の瞬間だ。僕は、彼女の左手にはめられていた手袋をはぎとり、そのまま自分の左手で握りしめてやった。強く、しっかりと、心の内があますことなく伝わるよう握りしめた。小さくか弱い、愛（いと）しい手を。

「な――」

「……まあこういうことだ」

手を握ったまま、紡ぐ。

顔の赤さを自覚しながら、それでも勇気を振り絞る。

「僕は所詮、外様の人間だ。魔法についてもあんたについてもまだまだ知らない。だが、そんなのどうでもいい。どうやら僕の本心はあんたを放っておけないようなんだ。僕は――あんたと友達でいる気はないからだ」

「っ、それって」

星のざわめく夜の下。銀色が眩（まばゆ）い世界の中で、月城さんはみるみるうちに青ざめていた顔を赤くしていった。僕のせいか彼女のせいか、繋いだ手が急速に汗ばんでいく。慌てて彼女は振りほどこうとするが、僕は力強く握りしめてやった。悪いが逃がす気はないんでな。

「は、離してください」

「断る」

「こんなの、セクハラです。わたしたちは友達ではなかったのですか」

「どうとでも受け取ってくれ。あんたの答えを聞くまで離す気はない」

「そんな、そんなのって」

いやいやと首を振り、月城さんは逃れんとする。僕は強引に握り続ける。真夜中に女性の家に無断で押し入り、ジャージ姿で手を強制的に握りしめる。確かに怪しすぎる。だが、それでも僕は彼女の心を離す気はなかった。

観念したのか、手を握られたまま彼女は呟く。

「どうして、どうして味方でいてくれるんですか。こんなわたしの」

「もう伝わっているだろう。お互いそういう便利な魔法だったはずだ」

「あなたの声で聴きたいんです」

そうきたか。正直、自分の言葉で言うのは避けたかったが……まあいい。ここまできたらヤケだ。すべての恥をぐっと飲みこみ、語ってやった。

「大した話じゃない。ここ最近、僕が少し悩んでいただけの話だ。魔法についても知らない。あんたと泉水さんのこれまでも知らない。ただのアルバイトの僕が、どこまで踏みこんでいいのか。ずっと悩んでいたんだ」

「…………」

「だが、母さんに言われて気づいた。さっき夢で話すことができてな。大事なのは、僕がどうしたいかということらしい。友達じゃないとか友達だとか、そんなことはどうでもいい。大事なのは肩書きや立場じゃなく、心の方だった。そう気づいたんだよ」

「心……」

「そうしたらもう迷いはなかった。気づけばここにいて、こうしていた。もう一度言おう。僕は所詮は外様の人間だ。あんたらの過去についてほとんど知らない。でもだからこそ、余計なものに縛られず、あんたの心と向き合えるんだ。鍵束の件で魔法に触れた時、僕は感動した。だがどうやらあれは勘違いだった。魔法に感動したんじゃなく、僕を救わんとしてくれたあんたの心に感動したんだ。だから、その、何と言うか、もう一度立ちあがって欲しいんだよ。もう一度立って、前に進んで欲しいんだ。今度は僕が支えるから」

「――――っ」

言い切った。言い切ってやったぞ。

ガラにもなく、死ぬほど恥ずかしい言葉の羅列だったが、それでも僕は言ってやった。嘘偽りのない心のすべてをぶちまけた。月城さんをどう思っているか。月城さんとどうなりたいか。それらも全部話してしまった。本気で死にたくなるほど恥ずかしい気分だが、すがすがしくもあった。自分にこんな一面があることを、生まれて初めて知ることができたのだから。

そんな僕の心を前に、彼女は何を思ったのだろう。

夜が笑う。星も笑う。風も笑う。世界が笑う。

瞬きの歌が奏でられる神秘の夜。夜空と星空が祝福する魔法の部屋。積み重なった本に、天体望遠鏡に、星図に、汽車の模型。彼らが音のない寝息を立てる中、長いまつ毛をしばたたかせ。潤んだ瞳で、唇で、雪解けの表情で、月城さんは想いを紡ぐ。

「……遠野さんあるあるある」

「は？」

「その一。陰湿」

「おい！」

「その二。髪がさらさらで無性にいらつく」

「いや、何だ急に」

「その三。喋り方がどことなく人を見下していて非常に不快」

「待て、それはあんたの思いこみであって」

「その四。常に他人を小馬鹿にした目で過ごしている」

「それも違うだろう。何かの間違いであって――」

「その五。わたしでよからぬ妄想をしてそう」

「何てことを言うんだあんたは！」

「ふふふ」

「⁉」

……笑った。

笑った、のか、今？　微かにほんの一瞬だったが、あの鉄仮面無表情無愛想女が笑ったのか⁉

驚く僕を前に、彼女は続ける。

「3時29分。あと少しで3時33分ですね」

「ああ、そういえばそうだな」

「この時間に祖母は亡くなったのです」

「っ、そうだったのか」

「遠野さん。四年前の真実を聞いてください」

ふうと、かわいらしい息を吐き、月城さんは囁くように語り出した。四年前――月城さんのおばあさんが亡くなった時のことを。

あの時、政治家の悪事が明らかになったのは、月城さんが告げ口したからではないそうだ。告げ口してやろうかと周囲に愚痴るほどに怒ったのは事実だけれど、結局行動には移らず、たまたまそのタイミングでマスコミが悪事を暴いたとのことだ。それを政治家が月城さんのせいだと勘違いしたことにより嫌がらせが始まり、それらがさらに泉水さんをはじめ、周囲の人に「環ちゃんが告げ口していた」という誤解を広める形になってしまったらしい。

さらに、おばあさんが倒れた日、月城さんは遊びに出ていたのではなく、祖母の指示で失墜した政治家に会いに行っていたそうだ。その理由は一度でも繋がりができた以上、どんな事情があるにせよ、たすけなくてはいけないという祖母の指示を受けてのものらしい。どれだけいわれなき嫌がらせを受けたとしても、それでも力になることをおばあさんは説いたのだ。

「そうだったのか」

「はい。何があっても人のために尽くそうとする。そんなおばあちゃんをわたしは誰より尊敬しています。結局その政治家には会ってもらえず、おばあちゃんの死後に嫌がらせも収まり、それきりなんですけどね」

「……今の話、僕以外の人には」

「クロウリーさんにだけはバレてしまいました。でも、誰にも言わないでくれています」

「逆だろう。みんなに伝えるべきだ」

「いいんです。あの男が財産を失ったと聞いた時、嬉しかったのは事実ですから。あの時、初めておばあちゃんに叱られました。人の不幸を喜ぶ人になってはいけないと。そして後日、たすけに行くよう言われたのです。嫌がらせを受けていたにもかかわらず、です。そしてその日の夜におばあちゃんは発作で倒れ、わたしが家に帰った時にはもう遅すぎて。慌てて救急車を呼んだものの打つ手はなく、午前3時33分におばあちゃんは病室で息を引きとりました。わたしは横で見ていることしかできなくて……。だからこれでいいんです。自分への戒めですから」

　その後も月城さんは思いの丈を語った。祖母が亡くなった後、泉水さんたちにものすごく申し訳ない思いを抱いたこと。何を言っても言い訳にしかならないと感じたこと。そんな泉水さんに四年ぶりに会えて嬉しかったこと。頼ってもらえて本当に嬉しかったこと。でも、後ろめたさや割り切れなさが寂しくて、だけど自分が悪いのだから、このまま真実は伏せたままにしようと思ったことを語った。

深い瞬(まばた)きをして、月城さんは自嘲(じちょう)するように続ける。

「なのになぜでしょうね。遠野さん。あなたにだけは真実を知って欲しかった。嫌われたくないと願ってしまいました。どうしてでしょうか」

僕の目を見据え、彼女は力強く手を握る。繋いだままだった左手に心が宿る。手を通して、気持ちが、心が、繋がってゆく。

「死ぬ間際におばあちゃんは一度だけ意識を取り戻し、こう言いました。自分の魔法を呪ってはいけない。きっとわたしをたすけてくれると。嫌われやすい魔法だからこそ、それでも心を差しのべてくれる人がいれば、その人こそがわたしの運命の人だと。そう言って亡くなりました。以来、この時間になれば魔法を完璧にコントロールできるのです。おばあちゃんのことを思い出せて、さらには星空を見ると、いつか出会う運命の人を想えて、自分はひとりじゃないと感じられるから」

時計の針が動く。午前3時33分。魔法が煌(きらめ)く。

僕の心が完全に解き放たれる。それが氷を溶かし、最後の鍵となる。扉が開かれる。彼女の想いがすべて伝わってきた。これは魔法なのだろうか。それとも、人が誰しも持つありふれた力なのだろうか。わからないけれど、僕はようやく辿(たど)り着く。魔法が何のためにあるのか。人の心がどうして不完全なのか。

それはきっと、かけがえのない人に出会うためで、不完全ゆえに大切な誰かを求めるからだ。そうして出会い、愛し合い、僕たちは本当の幸せを知るんだ。魔法は不器用な僕たちに、それらを教えてくれるんだ。

「遠野さん」

世界の真理に触れた夜。

美しく響く優しい声が僕を呼ぶ。

「一緒に戦ってくれますか」

「ああ。当然だ」

そう告げ、僕は微笑んだ。彼女も綺麗な顔を柔らかく微笑ませた。断る理由なんてあるわけがない。だって僕は、人の愛おしさを知ったのだから。二人なら何だってできる。そんな気がしたんだから。

ぬるい風の吹く夜は、僕たちを愛おしく見守っていた。

陽が昇る。さあ、いよいよだ。僕たちは覚悟を決めて、行動に移った。

あの後、僕たちは共に一夜を過ごした。一応言っておくが、べつに変なことはしていない。いつも通り、特に意味のないやりとりをしただけだ。

月城さんがずっと握っていた手を見つめては、「それより遠野さん。ちょっと手汗がひどくありませんか？　いくら美女の身体（からだ）に触れているからって興奮しすぎです」などとほざくので、負けじと僕も「すまないな。美女の身体に自分の手汗をなすりつけるのが子供の頃からの夢だったんだ」とぼやきながら、ひたすら月城さんの肌をぬめぬめと触りまくってやった。この夜だけで月城さん裁判により、僕の懲役は二万年に達したことを報告しておこう。

そんな感じで朝を迎えたところで、とりあえず一旦帰宅し、荷物を整えて再びポラリスへとやって来た。もちろんすべての決着をつけるためだ。大学なんて当然のごとくサボってやった。眠気など完全に吹き飛んでいた。

「場所はわかるのか」

「おそらく、ここです」

月城さんが示した場所は、僕の想像と同じだった。お互いに迷いが消えたことで、頭が冷静になったのだろう。今回の件について見落としていた点がすべてクリアになり、それゆえに泉水さんの居場所や真実を解き明かせたのだ。

泉水さんは、羅針盤を手にするために月城さんに近づいたと言っていた。一見筋が通っているように見えるが、よく考えるとそんなこともなかった。

恭平ちゃんが魔法道具の力で蘇っている以上、月城さんが手袋を外して触れてしまえば、そこで作戦終了だ。いくら何でもお粗末すぎだろう。つまり、彼女の本当の目的は羅針盤ではないと推測したのだ。

電車に乗って僕たちは目的地へと向かう。辿り着いたのは泉水さんの勤める教会だ。住宅街に馴染みながらも、少し異質さを感じさせる古い建物。扉の開かれたそこは、平日だからか誰もいない。牧師さんすらいない。僕たちにとっては都合が良かった。決着をつけるに相応しかったからだ。

勝手に建物の中に入り、いくつか扉を開け、給湯室を見つけてその中に入る。僕の予想が正しければ、きっとここに。

「見つけましたよ、泉水さん」

「――っ！」

声をかける。うずくまって恭平ちゃんを抱き、声のない涙を流していた、まるで懺悔をしているような泉水さんに。

「く……っ！」

「待て！」

すべてを察したのか、泉水さんは逃げようとするが、いくら僕でも赤子を抱いた女性に後れをとることはない。月城さんと共に後を追い、十字架の見下ろす聖堂にて捕まえる。

「お願い、見逃して」

「残念だがそれは無理だ。あきらめてくれ」

あえて左手で摑んでやった。僕の魔法については知られていないが、固い意思が伝わったのか。彼女はすぐに抵抗をやめたので、手を離す。

「はあ……はあ」

荒い息遣いで、泉水さんは我が子を抱く。警戒心の宿る瞳には敵意が宿っていたが、しかしそれ以上の感情が読み取れた。きっと、やはり、この人の本音は。

一歩前に進み出た月城さんは、彼女に問う。

その涙の正体を。

「泉水さん。あなたがわたしの前に現れた理由を、ずっと考えていました」

「……」

返事はない。構わず月城さんは続ける。

「ずっとずっと考え、遠野さんとも話し合い、冷静になれたことでようやく答えが出ました。これはわたしたちの想像ですが……泉水さん、あなたは本当は懺悔したかったのではありませんか。息子を死なせてしまったことを悔いていたから、救いを求めてわたしの前に現れたのではありませんか？」

「………」

またもや返答はない。だが、それが答えを示したようなものだった。

結局のところ、泉水さんには魔法協会から逃げ続ける気などなかったのだ。でないと、未だ逃亡していないことへの理由がつかない。では一体何がしたかったのか。答えはひとつ。

〝どうしたらいいかわからない〟。

ただ、それだけだったんだ。

「泉水さん。あなたはわたしを利用したと言っていましたが、本当は迷っていたんですよね。恭平ちゃんの魂をあの世に送るべきか、それとも生きたいと願う息子を守るべきか。責任と後悔の狭間で苦しんでいたんですよね」

「うう……くうう」

月城さんの言葉に、泉水さんは恭平ちゃんを抱きしめつつ呻く。逃れられないと悟ったのか、はたまた限界だったのか。ついに彼女は懺悔を始めた。ずっと抱え続けてきた苦しみを。

「どうしようもなかったの……。わたしのせいでこの子が命を落として、取り返しのつかないことになってしまって。もう生きていけないと思い自殺まで考えていたら、この子が蘇って。本当に嬉しかった。本当に嬉しかったの。だけどしばらくして、街のあちこちで死者が蘇るから、このままじゃバレると思って逃げるための準備をして……。でも、真実を隠し続けていいのかわからなくって、それが苦しくて」

溢れる涙は止まらない。その涙の中に、どうしようもできない苦悩が濁る。泉水さんは本当に苦しんだのだろう。とても僕には想像できない。

自責の念と、母としての愛。答えを出せなくなった彼女は、自分の在り方を決められないまま、月城さんの前に姿を現したのだ。逃げきるために羅針盤を欲し、だけど心のどこかではそれではいけないと思い、バレてしまうことを望んで。しかし生きたいと願う息子を見捨てることはできず、嘘を吐き、憎まれ口を叩き、月城さんを責めてでも、答えの出せない自分に苦しみ続けたのだ。心の奥底では救いを求め、懺悔を繰り返しながら。

「泉水さん」

泣き崩れる彼女に、月城さんが寄り添う。そこに恨みはなく、あるのは慈しみだった。

左手の手袋を外し、彼女は救いの道を示さんとする。

「泉水さん。あなたには真実を知る勇気はありますか」

「え――」

泉水さんは顔を上げる。

その顔を見つめ、月城さんは優しく告げる。

「ここに来るまでに遠野さんと今回の件について話したんです。一体なぜ、このような事態となっているのかを。すると、ひとつの可能性に辿り着きました。それは恭平ちゃん——この子が蘇ったのは、あなたを救うためではないかという可能性です」

「ど、どういうこと」

話を継ぐよう僕が応える。あくまで仮説だがと前置きをして。

「気になったのは恭平ちゃんが蘇ってから、街中に死者が現れるまでにタイムラグがあったことだ。どうして蘇りに時間差があり、なおかつそもそもの話として、そんな副作用があるんだという疑問が湧く。その答えを考えた時、ある結論に辿り着いたんだ。これは、魔法道具が意図的に仕組んだものであると」

泉水さんは沈黙する。僕はさらに続きを述べる。

「ヒントをくれたのは母さんだ。魔法道具の影響で、夢に死んだ母さんが現れたんだが、その時に母さんはこう言った。『魔法道具が出血大サービスで生き返らせてくれている』と。それをヒントに、魔法道具には自我があり、かつては僕を救ってくれたことも思い出した。さっきのあなたの『自殺を考えていた』というのがすべての答えだ。この魔法道具は、泉水さんを死なせまいとするために恭平ちゃんを蘇らせたんだ。恭平ちゃんの意思ではなく、この魔法道具の自我によって」

「魔法道具が、わたしを守るために——」

続きを語ってくれるのは月城さんだ。

「魔法道具を作り出したのは、死ぬ間際の恭平ちゃんに間違いないでしょう。この子の母への愛が、物質に魔法の力を与え、魔法道具の自我を呼び起こしたと思われます。その結果、遠野さんが仰ったように、この魔法道具は恭平ちゃんを蘇らせました。恭平ちゃんの愛によって生まれたこの子は、恭平ちゃんが心より愛した母を、何としてでも守りたかったから」

「そんな」

「だからこそ泉水さんの自殺をやめさせた後に、街中に死者を出現させたのでしょう。この魔法道具は、恭平ちゃんを蘇らせるだけでは根本的解決にならないとわかっていたのです。何らかの形で泉水さんが救われなければとわかっていたのです。ですので、わたしたち魔法使いを呼び寄せる手段として、街に死者を出現させたのです。最愛の母を救うことが、恭平ちゃんの何よりの願いと知っていたから」

「そんな、そんな——ううう……っ！」

解き明かされた我が子の真実。それを知った泉水さんは、その場にうずくまるように泣き崩れた。腕の中の赤子(あかご)を強く抱きしめながら、その子の名前を何度も呼んで。止まらない嗚咽(おえつ)の中、彼女はようやく仮面を捨てる。隠し続けた、本当の泉水さんが現れる。

「環ちゃん」

か細くその名が紡がれる。

「ごめんね……カナエさんが亡くなった時、責めるようなことを言って……。本当は優しい子だから何か事情があると思っていたのに、それを確かめもせず、悲しみをあなたにぶつけてしまって――」

「いいんです。そんなこと」

「今になってようやく大切な人を救えない苦しみを知って……なのに、この間も酷いことを言って――わたしは」

「いいんですよ、そんなこと。何があっても泉水さんはわたしにとっての大切な姉です。ずっとずっと、今だってお姉ちゃんだと思っていますから」

泉水さんに寄り添い、月城さんは慈しむ。

寂しい時はお店に来てください。悲しい時も来てください。おばあちゃんのようにはなれませんが、わたしは決してあなたを見捨てません。ひとりではだめでも、二人ならきっと。彼女は優しくそう告げた。姉と妹。二人の愛は、確かに今、見えない糸で繋がった。

「環ちゃん……環ちゃん……っ！」

「ええ。ここにいますよ。お姉ちゃん」

互いを許し合う時間は、しばらく続いた。

――そうして、どれくらい経った頃か。

ついに、最期の時が訪れたのだ。

「環ちゃん、それじゃあ、お願いするわ」

「……はい」

泉水さんは最後にもう一度だけ恭平ちゃんをぎゅっと抱きしめ、呟いた。

それを合図に、月城さんは左手を差しのべる。

「遠野さん」

「ああ」

僕は左手で月城さんに触れる。

星は見えない。夜も見えない。午前3時33分には程遠い時間帯。だけど、星空がなくとも、夜が側にいなくとも、月城さんがひとりではないと感じられるなら。彼女の魔法は、きっと。

「――っ」

月城さんの左手が恭平ちゃんに触れる。宿る心が解き放たれる。

これは恭平ちゃんの魂だろうか。光の輝きが、母に手を伸ばし笑っている。ごめんねと告げる泉水さんに、ありがとうと再び笑う。そこには恨みなどなかった。ただただ愛の形だけがあった。ああ——これが家族なんだ。これが真実の家族の愛なんだ。自分が死んだことより、自分の死で大切な人が傷つく方が辛いんだ。だから、あの鍵束も僕を救ってくれたんだろう。笑って生きろと、願いをこめて。

光が溢れる。もう大丈夫だねとどこかから聞こえた気がした。それを最後に、輝きは消えた。そこに、もう恭平ちゃんの姿はなかった。あとに残されたのは小さなガラガラだ。それを見て、泉水さんが透明な涙を流す。きっとこれが、母の愛と、母への愛を必死に繋いでくれたのだろう。

目には見えない不思議な奇跡。やはり僕は強く思う。これは呪いなんかではない。二人の愛を繋げようとした奇跡が、呪いなんかであるはずがないんだ。人が持つ、かけがえのない愛情と心。誰もが持つありふれたもの。そのありふれた奇跡を、僕たちは魔法と呼ぶのだろう。

「恭平……」

「泉水さん」

息子を想い涙する泉水さんを、月城さんは抱きしめる。泉水さんは月城さんの左手を握りしめていた。きっともう、この絆が切れることはないだろう。こんなにも強く結ばれたのだから。

この日を境に、死者の噂は街より消えた。

エピローグ

「ん？」

「あ」

季節は六月となり、梅雨入りのニュースがちらほら聞かれるようになった、夏の一歩手前のとあるお昼過ぎ。

太陽の日差しが強くなってきたなと感じながら今日もポラリスを訪れた僕は、店の前にて、いつだったかの生意気おかっぱ少女に遭遇していた。

「おっす、久しぶり。兄ちゃん」

「またキミか。この店に何か用事でもあるのか？」

「いやぁ用事ってわけでもないんだけど、何とも青春だなぁと思って」

「は？」

今日も棒付きキャンディーを舐める少女に、意味のわからないことを言われる。

わからないが、とにかくその生意気な口調は相変わらずで。その子はさらにこう続ける。

「まあアレよ。あたしにもああいう若い頃があったな～とか、いつのまにか歳をとったな～とか、そう思うわけよ。んま、とりあえず心配する必要がなさそうだから安心してるわけ。んにゃははははは」

「はあ……」

マジで意味がわからん。何だこのクソガキは。そして何だこのいかにもおっさんじみた台詞は。だが、そうツッコむ前にその子は「んじゃ、頑張んな。任せたよ」と背中を向けて言い残し、片手を振りながら去って行った。なんて老けた子供だろうか。

ただ、その瞬間、僕はある考えに至って少女の方を振り返るのだが、もうそこに彼女の姿はなく。いつも通りの閑静な住宅街が佇んでいた。

「まあ……いいか」

思うところはあったが深く考えることでもないかと判断した僕は、即座にそれらを頭の隅に追いやり、アンティークショップの扉を開いた。中にはコピペかと思うようないつも通りさで、月城さんが本を広げていた。「ふう」と変なため息が漏れる。

「やあ月城さん。こんにちは」

「こんにちは、遠野さん」

いつも通りの挨拶を交わした僕は、それ以上は特に話すこともなく、いつも通りにエプロンを着け、いつも通りのポジショニングをとり、いつも通り意味もなく月城さんを眺めることにした。いつも通りすぎて眠たくなってくる。平和というのはこういうものを指すのだろうかと、じじくさいことまで考える始末だ。

そんなまどろみ尽くした平穏の午後に、ふと月城さんが零す。

「遠野さん」

「何だ」

「実は今度、泉水さんと二人でお出かけすることになったんです」

「っ、そうなのか」

「はい、そうなんです。それだけです」

「そうか。それだけか」

短い会話はすぐに終わる。

だが、その短い会話の中で、何かひとつ収まるべきものが収まったと感じていた。彼女の纏う柔らかな空気に、何かが終わり、そして何かが始まったと感じたのだ。もう、あれこれ訊ねる必要もないのだろう。月城さんの魔法が、一体誰から授かったものなのか。わからないことはまだあるけれど、今は気にしなくていいはずだ。そう思った僕はその話題をすぐにたたみ、代わりと言っては何だが無意識にこんなことを言ってしまった。

「月城さん」

「何でしょうか」

「ひとつ言いたいことがあるんだが」

「何なりとどうぞ」

「その、あの」

「はっきり言ってください。男の人でしょう」

「……その、こないだの夜のことなんだが」

「――――ッ！」

それだけで何の話か伝わったようだ。途端に互いの間に緊張が走り、月城さんの身体(からだ)が固くなるのが見てとれる。たぶん僕もぎこちない顔をしているだろう。はてさて、なぜ僕はこの話題を蒸し返してしまったのか。甚(はなは)だ疑問だが、言ってしまったものは仕方がない。乾いた唇で何とか告げる。

「その、何というわけではないんだが……あの時は悪かったな。一方的に心を開いてしまって」

一方的に心を開いてしまって。ここだけ切りとると相当意味不明な台詞だが、月城さんにはそれなりに通じたようで。

「ほ、本当ですよ、いきなり心を開くなんて。心の準備というものがあるのですから。心を開く時は、こう、今から開きますと前置きするのがマナーであって」

彼女も中々の焦り具合で、そう返す。

まさに意味不明かつ意味のない会話。そんなやりとりはそこで止まってしまった。もっとあれこれ言いたいことがあったはずだが、思いの外緊張してしまい、忘れてしまった。さて僕としたことが、この空気をどうするつもりだろうか。互いに顔を赤くする僕らは、低スペックパソコンのごとくフリーズしてしまった。

意外なことに、沈黙を破ったのは月城さんの方だった。

「まあアレは、そうですね。一種のセクハラのような気もしますが、心優しく美しいわたしの顔に免じてセーフとしておきましょうか。遠野さんがスケベなのはいつものことですし。その代わり、今後はナシでお願いしますよ」

「誰がスケベだ。関係ないだろう。でもまあ、そうだな。今後は、うん、気をつけるさ」

互いに明言を求めるような、避けるような、よくわからないやりとり。だが、とりあえずあの夜からぐるぐると収まりどころをなくしていた感情が、ひとつそれなりに収まった気がした。勢いゆえの行動というものもある。今はこれでいいのだろう。とりあえず、今は、これで。

（…………）

そんな中、それでも僕ははたと気づく。月城さんが、今日は薄透明の手袋をしていないことについてだ。あれだけ自分の魔法を嫌っていたはずなのに。

ついつい、またしても訊ねてしまう。

「なあ、月城さん」

「何でしょう、遠野さん」

「魔法はやっぱり今も嫌いなのか？」

「何ですか急に」

「いや、今日は手袋をしていないみたいだから。気になって」

「ああ、これですか」

何気ない質問だった。よくある思い付きのようなそんな質問だ。

だが、返されるは驚愕（きょうがく）の台詞だ。

収まったはずの心が、再びあるべき位置から動いてしまう。

「魔法は嫌いです。そう簡単に考えは変わりません。ですがあなたは友達のようなものですから、まあいいかと思って。今は、ですが――」

「……っ」

小さく呟かれたその台詞。その意味を深読みしてしまう僕は、再び顔を赤くする。気づけば彼女もそれなりの赤面具合になっており、くそ、何なんだ。何で今日は互いに恥ずかしい思いばかりしているんだ。そんな感じで、自分の心をひたすら誤魔化す時間が続いた。

　不意にドアベルがカランと鳴る。誰か来たのかと思い視線を向けるも、そこには誰もいない。どうやら風のいたずらのようだ。いつの間にか春を思わせる柔らかな風は少なくなっており、代わりに夏を思わせるさわやかな風が僕たちに会いに来るのだろう。何だろう。今年の夏は、いつもと違う夏になる気がする。暑さと一緒に、別の何かもやってきそうな、そんな気が――。

　火照った頬を冷ますついでに、月城さんに言った。

「なあ、暇だからここは一発、あんたのとっておきを披露してくれよ」

「よろしいのですか」

「ああ。何だか今日は暑くなりそうだからな」

「理由が気に入りませんが、いいでしょう。ではそうですね。『ドキッ。あれはまさかのドッペルゲンガー？』のネタを披露しましょうか」

「ほう、期待できそうだな。悪い意味で」

「何か言いましたか」

「いや何も」

「まあいいでしょう。あれはわたしが消しゴムを拾ってあげた時のことですが」

「なあ、もう一度聞かせてくれ。何であんたの周りでは消しゴムが飛び跳(は)ねまくっているんだ？　一体何が起きてそうなるんだ？」

「知りませんってそんなこと。きっとあれです。わたしの胸に、消しゴムをおびき寄せる未知の物質が含まれていて」

「その鉄板は錆(さび)だらけだから使うなと言うのに」

「むう……いつも見ているくせに」

「見てない！　何を理由に毎回僕を変態にしたがるんだ」

「顔です」

「ようし戦争だ。そのでかい乳を突き倒してやる。覚悟してろ」

「受けて立ちましょう。そのスケべな視線が前から気に入らなかったのです」

その辺にあった箒(ほうき)を互いに構え、突如としてバトルは始まる。じりじりと互いの急所を狙い合う。途中、嵐山(あらしやま)さんが「うい～っす。聞いてよー。ここ最近、バイトが超忙しくってさぁー。おかげで――って、え？　何やってんの？」などと言いながらやってきたが、お構いなしにフェンシングを続けた。互いに魔法を使える身負は白熱した。

だ。どちらが真の魔法使いか示そうじゃないか。魔法使いらしく、箒を使っての勝

「ここだ。食らえ、月城さん」

「甘いですね。さあその目玉が潰れるのも時間の問題ですよ」

「そう言いつつ、なぜ下半身を狙う」

「はい、わいせつ罪です。女性の前で下半身という単語を使いました。死刑」

「意味不明なうえに死刑なのか！」

「お、何かわかんないけど面白そうだね。あたしも混ぜて～。うりゃあ！」

古びた骨董の眠る、こぢんまりとしたアンティークショップ。しかしてその正体は、ちょっと不思議な道具を扱う魔法のお店。そのお店では、今日もひねくれた魔女をはじめ、友達なのかそうでないのかよくわからないメンバーが、平和な日常を謳歌(おうか)していた。

奇妙な魔法道具店の前を、春の終わりを告げる風がさらりと吹いた。

この作品は書き下ろしです。

著者紹介

藤まる（ふじまる）

2012年、『明日、ボクは死ぬ。キミは生き返る』で電撃小説大賞金賞を受賞し、デビュー。著書に、『時給三〇〇円の死神』『さとり世代の魔法使い』（以上、双葉文庫）、「明日、ボクは死ぬ。キミは生き返る」シリーズ（電撃文庫）などがある。

ＰＨＰ文芸文庫　午前3時33分、魔法道具店ポラリス営業中

2020年1月23日　第1版第1刷

著　者　藤　ま　る
発行者　後　藤　淳　一
発行所　株式会社ＰＨＰ研究所
東京本部　〒135-8137　江東区豊洲5-6-52
第三制作部文藝課　☎03-3520-9620（編集）
普及部　☎03-3520-9630（販売）
京都本部　〒601-8411　京都市南区西九条北ノ内町11
PHP INTERFACE　https://www.php.co.jp/
組　版　有限会社エヴリ・シンク
印刷所　図書印刷株式会社
製本所　東京美術紙工協業組合

ISBN978-4-569-76983-7

PHP文芸文庫

京都府警あやかし課の事件簿

天花寺さやか 著

人外を取り締まる警察組織、あやかし課。新人女性隊員・大にはある重大な秘密があって……？　不思議な縁が織りなす京都あやかしロマン！

定価　本体七二〇円（税別）

PHP文芸文庫

鵜野森町（うのもりちょう）あやかし奇譚

猫又之章

あきみずいつき 著

高校生の夢路が拾った猫は猫又？　情緒あふれる不思議な町であやかしたちが起こす騒動を通して、少年少女の葛藤と成長を描く感動の物語。

定価　本体七四〇円（税別）

PHP文芸文庫

京都西陣なごみ植物店

「紫式部の白いバラ」の謎

仲町六絵　著

「植物の探偵」を名乗る店員と府立植物園の新米職員が、あなたの周りの草花にまつわる悩みを解決します！　京都を舞台にした連作ミステリー。

定価　本体六四〇円（税別）

PHP文芸文庫

桜風堂ものがたり(上・下)

村山早紀 著

勤めていた書店をある「万引き事件」がきっかけで辞めることになった月原一整。彼は田舎町の小さな書店で、大きな奇跡を起こしていく……。

定価 本体各六六〇円(税別)